追憶の果て
密約の罠
TSUIOKU NO HATE
MITSUYAKU NO WANA

追《つい》憶《おく》の果《は》て 密《みつ》約《やく》の罠《わな》

星《ほし》野《の》 伶《れい》

ILLUSTRATION：小《お》山《やま》田《だ》あみ

追憶の果て 密約の罠

LYNX ROMANCE

CONTENTS

追憶の果て　密約の罠

天井から垂れ下がるシャンデリア。重厚な調度品。ドレスアップした女性と彼女たちをエスコートする、上等なスーツを着た男性。

上杉真琴《うえすぎまこと》は彼らが集《つど》うフロアを、気配を消して足早に歩く。

真琴が乗船しているこのエヴェリーナ号は、イタリアのクルーズ会社が所有し運営する、乗客乗組員合わせて三千五百人が乗船可能な、全長三百二十メートルもある豪華客船だ。

横浜港《よこはまこう》から出港し二十日かけて釜山《プサン》、上海《シャンハイ》、ニャチャン、シンガポールなどに寄港する。世界的にも有数の大型船のスタッフは、日本人と外国人が半々の割合で乗船しており、日本語はもちろん、海外からの客にも対応するため一定のレベルで外国語を習得していることが、採用の基準となっている。

そして豪華客船の醍醐味《だいごみ》とも言えるのが、長期の航海でも乗客を飽きさせないための多彩な施設だ。

メインダイニングでは本格的なコース料理から軽食まで、その時の気分によって豊富なメニューから食事を選べ、ディナーの後には隣接されたバーやラウンジでジャズの生演奏を楽しめるようになっている。また、外国船ならではの娯楽施設であるカジノも、日本人客に人気を博していた。

そのカジノでは非現実的な空間を演出するため、客は目元を覆う仮面を着用することになっており、照明もワントーン暗く落とされ、仮面をつけた男女が賭《か》け事に興じる様は、なんとも妖《あや》しげな雰囲気を醸《かも》し出している。

真琴の仕事は、ゲームを楽しんでいる客たちにドリンクを運ぶこと。

しかし今、持ち場であるカジノを出た真琴の手には、グラスの載ったトレイはない。ボーイとしての役割を放棄《ほうき》し、ある場所へ向かっていた。

真琴はターゲットに悟られないようなるべく平静を装いながら、すれ違う乗客たちに会釈《えしゃく》しつつ先を急ぐ。カジノが賑《にぎ》わう時間帯に抜け出すことに躊躇《ためら》いはなかった。

なぜなら自分の本来の仕事は、ボーイではない。もっと別の重要な役割を果たすためにここにいる。

そのために、どれほどの月日を事前調査に費やしたことか……。

数日前より真琴は仲間と共にこの船にスタッフとして乗り込み、捜査を行っていた。与えられた任務は、この船で行われる違法な銃器売買についての証拠を掴《つか》むこと。出来れば取引現場を押さえられればベストだ。

この船に乗り込んでから時間を見つけて捜査を行っていたが、どこで誰が取引を行うかなかなか掴めなかった。けれど先ほど、偶然にもターゲットと思《おぼ》しき人物の会話を聞き、先輩にそれを報告に行った。彼は他の仲間にも報告して作戦を立てると言っていたが、真琴はそれが待てなかったのだ。

――取引の時間までに、出来ることがあるかもしれない。

真琴は気持ちを引き締める。

危険は重々承知だが、行かなくてはならない。

刑事になった時に、覚悟は出来ている。

真琴は指示を待たず、単独で取引が行われる貨物室へ乗り込んだ。

――逃がすわけにはいかない。

その一心で取った行動。

しかし、この時真琴はまだ知らなかった。

これが『彼』との最後の仕事になるだなんて、全く考えていなかったのだ――。


「失敗したな」

真琴は空を仰《あお》ぎ、今降りたばかりの電車に再び乗り込みたくなった。

三十分ほど前に自宅マンションを出る時には降っていなかった雨粒が、サアッと微《かす》かな音を立ててアスファルトに落ちて弾《はじ》ける。

六月に入り雨が降っていなくてもじめじめした日が続き、ようやく先週から梅雨《つゆ》入りしたとニュースで言っていた。これからしばらく雨の日が多くなるとわかってはいたが、持ち歩くのが面倒という理由で傘《かさ》を持ってきていなかったのだ。

勤務先まで走れば五分もかからない。幸いどしゃ降りではないから、それほど濡《ぬ》れずにすむだろう。

いつまでもここに突っ立っているわけにもいかないので、覚悟を決めて雨の中、事務所が入っている雑居《ざっきょ》ビルへ向かった。

「やだ、上杉さん、傘持ってなかったんですか？　電話くれれば駅まで迎えに行ったのに」

「おはようございます。すみません、タオルもらってもいいですか」

悪いことは重なるのか、走り出してすぐに雨足が強くなり、事務所に到着する頃には服を着たままシャワーを浴びたかのように、全身濡れそぼっていた。真琴はため息をつきながら、唯一の女性スタッフである事務員の藤沢《ふじさわ》が用意してくれたタオルをかぶる。

「っはよーございまーす……っと、こんなとこでどうした？」

濡れたまま歩き回れば事務所内も汚してしまうため、真琴がドアをくぐってすぐのところで身体《からだ》を拭いていると、後から出勤してきた捜査員の吾妻《あずま》に訝《いぶか》しげに声をかけられた。

「雨に降られてしまって……」

「傘持ってなかったの？　同じ駅使ってるんだから、連絡くれれば俺の傘に入れたのに」

吾妻と身を寄せ合って一つの傘を差す自分を想像してしまう。いくら吾妻がモデル並みの容姿《ようし》を持っているといっても、男と相合い傘なんてごめんだ。

「ご迷惑をおかけしたくなかったので」

「困った時はお互い様じゃん。それにこんなことくらい、迷惑でもなんでもないし」

真琴が適当に返事をしていると、女性の藤沢以上におしゃべりな吾妻は、事務所の奥に並ぶデスクですでに仕事を始めている石丸《いしまる》にまで意見を求め始めた。

「石丸だってまこっちゃんから頼まれたら傘に入れてやるよな」

「ん？　なんだって？」

「だから、まこっちゃん、傘持ってなくてずぶ濡れになっちゃったみたいで……」

体育会系で面倒見のいい石丸は、他愛《たわい》もない会話なのにわざわざ仕事の手を止めて吾妻の話に耳を傾ける。事情がわかると彼もまた「傘くらい持って行ったのに」と同じようなことを言った。

「皆そろってるか？　今日の朝礼を始めたいんだが……。上杉、どうした？」

「まこっちゃん、傘がなくて濡れちゃったんです」

「そういう時は、事務所に連絡してくれていいんだぞ。誰かしらいるから」

そこへさらに所長の田代《たしろ》まで話に加わり、真琴はややうんざりしてしまう。

真琴がこの田代探偵事務所に勤め始めて二年が過ぎようとしていた。所員は真琴も含めてこの五人。事務所を構えた土地柄《がら》か外国人相手の依頼が多く、英語を始め語学に明るい真琴は重宝《ちょうほう》されている。

しかし仕事で頼りにされる分にはいいのだが、どうもこの所内の空気には馴染《なじ》めずにいた。

ここの所員は皆が皆、お節介《せっかい》だと思う。仕事柄、時には危険な場面に出くわすこともあるので、日頃からチームワークを育《はぐく》むためにコミュニケーションを取るようにしていると説明されたが、それにしてもずいぶん仲が良い。先輩後輩の位置づけもなく、四十代の所長や年上の石丸はまだしも、三歳下の吾妻から「まこっちゃん」と呼ばれるのには未《いま》だに違和感を覚えてしまう。

周りはどうあれ、真琴は微妙に所員たちと距離を置いて接していた。ここへは友達を作りに来ているわけではないからだ。やるべきことがあるから、ここにいる。仕事以外で必要以上になれ合う気はなかった。

しかし、そっとしておいてほしいのに、いつまで経《た》っても壁を作っている真琴を周りは放っておけないようだ。なんだかんだと話題を見つけては話しかけてくる。

最近では真琴もあしらい方がわかってきて、とりあえず何か反応を返せば相手が満足するとわかり、適当な相づちを打つようにしていた。

「今度からはそうさせてもらいます。朝礼を始めてください」

「いや、その前に着替えてこい」

何かあった時のために、替えのスーツは数着ロッカーに入れてある。田代の言葉に甘えて、廊下の先にある更衣室へ行き手早く着替えをすませた。

「よし、それじゃあ今日もよろしくな」

いつもの締めの言葉で朝礼という名の業務連絡が終わり、真琴はデスクでパソコンを立ち上げる。昨日一つ担当していた案件が終わったので、今日はその報告書作りからだ。

この探偵事務所には一応、役割がある。

真琴が外国人の対応、石丸は身体を張った案件、吾妻は女性が絡む依頼を主に担当するようになっている。所員の人数が少ないため時には所長も加わり、互いにフォローし合って依頼を片付けていた。

今日はこの後、浮気調査の張り込みをしている石丸のサポートに入る予定だ。すでに現場に向かった石丸との交代の時間までに報告書を終わらせようと集中していると、来客の応対をしていた田代が応接室から戻ってきた。

「お疲れ様です。依頼、入りました？」

真琴と同じくデスクワークに勤《いそ》しんでいた吾妻が、背伸びをしながらそう尋ねると、田代は困ったような顔で「決めかねてる」と返した。

「難しい案件ですか？」

「いや、たぶん難しくはない」

「じゃあ引き受ければいいじゃないですか。ちょうどオレ、手が空いたところですし」

吾妻は依頼内容も聞かないうちに、自ら名乗り出た。派手で軽そうな外見に反し、意外と仕事熱心な彼らしい。

「もともと担当させるなら吾妻だと思ってたから、お前がいいならいいか」

田代は悩んでいたようだったが、吾妻が引き受けてくれそうなのを見て、腹を決めたようだ。

「オレ向きってことは、女性が絡んでるんですか？」

「いや、ちょっと違うな。吾妻が女性になるというか……。いや、女性になるってのとも違うか」

なかなかはっきりしない説明に、吾妻は余計混乱してきたようだ。

「つまり、どういう内容なんですか？」

「依頼人のパートナー、つまり恋人として生活し、行動を共にしてほしいそうだ」

「は？　なんですか、その依頼。恋人として生活って……」

「恋人なんだから、依頼人が滞在しているホテルで一緒に暮らしてほしいと言われたんだ」

「いくらなんでもそれはちょっと……。依頼人って、男でしょ？　それに、うちは探偵事務所なんだから、そういった依頼は専門外だと思うんですけど」

吾妻が怪しんだ顔をすると、田代は気まずそうに頭を掻《か》きながら「そう言わずに頼むよ」と珍しく顔色を窺《うかが》いながら宥《なだ》めた。真琴は二人のやり取りが気になり、仕事の手を止める。

「じゃあ、行動っていうのは？」

「今回の依頼人、海外に本社がある貿易会社の社長さんなんだ。仕事の関係でパーティや食事会に招かれる機会が多いから、それの同行も頼まれてる」

「男とパーティって……」

「安心しろ、依頼人は誰が見ても惚《ほ》れ惚《ぼ》れするくらいのいい男だから……」

「男に興味ないんで。っていうか、なんかうさんくさくないですか」

「うっ……」

ついに田代が言葉に詰まった。背が低く童顔な田代はその見た目に反し、殺人事件を取り扱う警視庁捜査第一課の元刑事だ。頭の回転が速く口も立ち、やや強引なやり方で相手を丸め込む場面を真琴は多々目にしてきた。

そんな田代が視線を泳がすという珍しい光景を見て、吾妻はもちろん、真琴も不審感が増していく。二人の視線に誤魔化《ごまか》しきれないと悟ったのか、田代がようやく本音を漏《も》らした。

「依頼人にけっこうな額の金を積まれたんだよ」

事務所には依頼がひっきりなしに入ってきている。とても捜査員三名で回しきれないほど。その状態だけを考えるなら、事務所はかなり儲《もう》かっていそうなものだ。しかし田代は困っている人を見ると放っておけない性格で、支払い能力のない依頼人からの頼み事を無償《むしょう》で引き受けたりということが頻《ひん》繁《ぱん》にあり、赤字ギリギリの経営状態らしい。だからこそ、たまに入る大口の客からの依頼は、何を置いても最優先で引き受けていた。

吾妻もそのことを知っているからか、脱力したようにため息をつくと、申し訳なさそうにしている田代に向き直る。

「仕方ないですね。事務所のために、一肌脱ぎます」

「助かるよ」

「あ、でも本当に脱いだりはしませんからね！　オレにそういう趣味はないんで」

吾妻は冗談めかしてそんなことを言いながら、田代と連れ立って依頼人を待たせている応接室に向かう。話がまとまったのを見届けた真琴が報告書の作成に戻ろうとすると、デスクに向かうその背中に田代の声がかかった。

「そうだった、上杉、藤沢に新しいお茶を運んできてくれるように頼んでくれ」

「わかりました」

真琴が受付を覗《のぞ》くと藤沢はあいにく電話中で、少し待ってみたが一向に終わる気配がない。大金を払ってくれる依頼人をいつまでも待たせてしまうのも、印象が悪いだろう。

真琴は自分でミニキッチンで新しく茶を淹《い》れ、それを持って応接室に向かった。

「失礼します」

一礼して中に入ると、茶を運んできたのが真琴だったので田代は驚いた顔をしていた。やはり藤沢に任せた方がよかっただろうか。しかし今さら交代することも出来ないので、真琴は依頼人の座るソファに歩み寄る。

「お取り替えいたします」

依頼人は二人組の男性だった。一瞬どちらを先にするべきか迷ったが、上座に座るダークスーツに身を包んだ男性の前にお茶を置く。

そうして古い方のカップを下げようとした時、なんの前触れもなくいきなり手首を摑まれた。

「あの……」

「名前は？」

見上げた先にいた男は、たいそう端整な顔をしていた。彫りの深い顔立ちだがくどくなく、艶《つや》のある黒い髪に淡褐色の瞳を持つ彼は、硬質な容姿をしているにもかかわらず、大人の男の色気を漂わせている。

真琴は男と視線が交わった瞬間、奇妙な既視感《きしかん》を覚えた。

——以前にも会ったことがあるような気がする。

仕事柄記憶力には自信がある。それにこれほど存在感のある男なら、一度会えばそうそう忘れないだろう。けれど、いつどこで会ったのか、はっきりと思い出せない。ただの思い過ごしだろうか……。

戸惑《とまど》う真琴に、男は形のよい薄い唇を動かしもう一度同じ言葉を繰り返した。

「名前は」

「……上杉です」

「ファーストネームは」

「真琴、ですけど」

男の纏《まと》う威圧感と詰問《きつもん》口調に押されながら名乗る。

彼は真琴のフルネームを聞くと、満足したのか腕を放しソファに座り直した。

何がなんだかわからない。とにかく、彼の気に障《さわ》るようなことをしていないことを祈った。

男は無言で真琴を上から下までまじまじと観察するように見つめ、それから再度口を開く。

「彼にしよう」

「は……？」

急に決定事項を告げるように言われても、全く状況が把握出来ない。助けを求めるように視線を送った田代もまた、真琴と同様戸惑いを浮かべていた。

「ええと、今回の担当者のことでしょうか？」

「そうだ」

「私としましては、先にご紹介した吾妻の方が経験も豊富ですので、お任せいただければと思うので

すが」

愛想笑《あいそ》いを顔に貼り付けながら田代が言ってくれたが、男は頑《がん》として譲《ゆず》らなかった。

「いや、彼をつけてくれ。駄目だというのなら、依頼自体をなかったことにする」

「それはちょっと……」

「なら彼を担当に」

茶を出しに来ただけなのに、急に担当に指名され真琴は混乱する。

先ほど二人の会話を聞いただけだったが、今回の依頼は内容からして吾妻向きだ。それに吾妻ならこの依頼人の隣に並んでいても遜色《そんしょく》ないほど見目《みめ》がいい。パーティにも出席経験があるため、マナーも心得ている。

対して真琴は吾妻のように派手な顔立ちでもなく、華やかな場所が大の苦手。それゆえ仕事は尾行や張り込みなどの地味なものがメインだった。およそ自分には向いていない依頼内容に、真琴は荷が重すぎると判断した。それはきっと田代も同じだろう。

だから真琴は、田代が上手《うま》く断ってくれると思っていた。

それなのに……。

「わかりました。上杉に担当させます」

「所長！」

あっさり頷《うなず》いた田代に驚き、咄嗟《とっさ》に声を上げていた。それをまるっと無視して、真琴抜きで話が進んでいく。

「それでは、ご依頼の期間はいかがいたしましょう」

「日本に滞在している間、頼もうと思っている。だいたい二ヶ月くらいか」

気の進まない依頼な上に長期間。事務所のためとはいえさすがに快諾《かいだく》は出来なかった。

「僕では力不足だと思います。吾妻さんでお願いします」

「でもな、お客様はお前がいいと……」

「自信のない仕事を安易に引き受けることは出来ません」

真琴がきっぱり断ったその時、依頼人が突然立ち上がった。ソファの傍《かたわ》らに立つ真琴に身を寄せ、耳元で囁《ささや》く。

「佐々木直斗《ささきなおと》、と名乗っていたな」

「え……？」

その名前で呼ばれるのは三年ぶり。

ザワリと胸が騒ぐ。

男は笑いを含んだ声音《こわね》で重ねて言った。

「ずいぶん捜すのに苦労したぞ。何しろ、佐々木直斗は偽名だったんだからな」

その名前を知っているのは、あの豪華客船に乗っていた者だけ。

真琴は焦《あせ》りから無意識に語気を強めていた。

「どこでその名前を……！」

「上杉っ？」

急に口調を荒らげた真琴に、田代が顔色を変える。しかし当の男は余裕の表情だ。

「知りたいか？」

緊張から心臓は痛いほど脈打ち、無意識に握り締めた拳《こぶし》の指先は血の気を失い冷たくなっている。

真琴が頷き返すと、男は取引めいたことを口にした。

「知りたいのなら、私の元へ来い。そうしたら教えてやってもいい」

「……本当ですか」

「私は嘘《うそ》は嫌いなんだ。お前と違って」

最後に一言嫌味《いやみ》を付け加えられたが、そんなことはどうでもよかった。

あの日に繋《つな》がる情報を、やっと得られるかもしれないのだ。行かないわけがない。

「……わかりました。この依頼、僕がお引き受けします。それでは、明日十時に」

依頼がまとまると、男は秘書だという連れの男性と事務所を後にした。

「まこっちゃん、大丈夫？」

「上杉、よかったのか？」

二人の姿が見えなくなるのとほぼ同時に吾妻と田代、二人から声をかけられた。特に田代は先ほどの依頼人とのやり取りが気になっているようだったが、真琴はそれを適当にはぐらかしデスクについた。

するど同じくデスクに戻った吾妻が、今度はキャスター付きのイスに座ったまま近寄ってくる。急に至近距離に顔を寄せられ咄嗟に身を引いた。

「気をつけろよ」

珍しく真面目《まじめ》な顔で、声を潜《ひそ》め耳打ちしてきた。

「男が男を恋人役に、なんておかしいだろ。もしかしたら、襲われるかもしれないぞ」

確かに女性ではなく男性を指名というのはおかしい。でも女性を連れて行けない理由があるのだろうと考えていたのだが……。

吾妻に予想外の指摘をされ、なんと答えたらいいのか反応に困り黙り込む。

そんな真琴をしばらく見つめ続け、吾妻はやがて、はあ、とため息をついた。

「冗談なんだから笑ってよ」

冗談だったのか。

真琴はこれについてもどう返答したらいいのかわからず黙っていた。自分では戸惑っていて返事が出来なかったのだが、吾妻には無反応なだけに見えたらしく、苦笑されてしまった。

「オレ、まこっちゃんが声出して笑ってるところ、見たことないんだよね。雑談にも乗ってこないし。もう二年も一緒にいるんだから、もうちょっと打ち解けてほしいな」

「僕のことは気にしないでください。こういう性格なので」

早く報告書をまとめなければ。そろそろ石丸と交代の時間になる。

しかし、真琴が話を終わらせようとしているのに、吾妻はなおもしゃべり続けた。

「それも！　自分で言うのもあれだけど、オレの方が年下なんだし敬語とかやめない？　距離感じちゃうからさ」

「ここでは吾妻さんの方が先輩ですから」

「そんなの気にしなくていいって。オレはもっとまこっちゃんと仲良くなりたいって思ってるんだから」

「ありがとうございます。でも口癖《くちぐせ》みたいになっているので、すぐに直すのは難しいと思います。では、仕事が途中ですので」

真琴は会話を終わらせ、吾妻の返答を聞かぬうちに背を向ける。さすがに察してくれたのか、まだ何か言いたそうだった吾妻も自分のデスクに戻って行った。

悪い人じゃないということは、わかっている。この探偵事務所のスタッフ皆。ただ、どうしても馴染めない。

――前は違った。

確かに昔から融通《ゆうずう》が利かないところがあると自覚しているが、刑事時代はもっと周りと交流を持っていた。先輩に悩みを打ち明けたり、たまに飲みに行ってくだらない話をして笑ったり。

でも今はそれが出来ない。

そんなことをするために、ここに来たわけではないから。

同僚との仲を深める時間があるのなら、別のことに使いたかった。

──あれから三年か。

まだ三年。でも、もう三年、でもある。

目的を果たすため、全てを捨てた。その判断が間違いだったとは思わない。ずっと憧《あこが》れていた職を辞《じ》したことに、後悔もない。

ただ、何も進展せず無意味に時間だけが過ぎていくこの状況に、焦りが募《つの》っていく。それが真琴から笑顔を奪っていた。

忘れることはないだろう。

あの辛《つら》い記憶を。

あの日、大切な人の人生を奪われた。

思い出したくないけれど、決して忘れるわけにはいかない。

皮肉なもので、あの出来事が今の真琴の生きる原動力になっていた。


「こちらになります」

翌日、約束の時間に迎えに来た高級車で連れて行かれた先は、各国の著名人が来日した時に使用する一流ホテルだった。

車はエントランス前に横付けされ、運転手が先に降りてドアを開けてくれる。そんな待遇に慣れていない真琴は恐縮し「すみません」と小声で言って降りると、連絡が行っていたのかホテルの従業員らしい五十代くらいの男性がすぐさま進み出た。

「上杉様ですね、お待ちしておりました」

男性はホテルの制服ではなく上品なスーツを着ていた。胸元にあるプレートを見ると『ジェネラル・マネージャー』という役職名が書かれていて驚く。わざわざホテルの最高責任者である総支配人が出迎えるということは、真琴を呼んだ男が相当なＶＩＰだということを示している。

真琴の視線に気付いたのか、男性は頭を深々と下げ、自己紹介をしてくれた。総支配人自ら部屋まで案内してくれるようで、後ろに控えていたポーターに荷物を渡すと、部屋へと先導される。一流ホテルだけあり、従業員にも教育が行き届いているようだ。こういう世界に縁のない真琴は、やや気後《きおく》れしてしまう。

ロビーの前にあるエレベーターに乗るのかと思いきやその奥の通路へと通され、そこで通常より一回り小さいエレベーターに乗せられた。何階に行くのだろう、とチラリとパネルを覗き見たが、階数を示すボタンは二つしかなかった。どうやら専用のエレベーターらしい。

ほどなくして目的の階に到着すると、意外にも廊下は短く十メートル先に重厚な扉が一つあるだけだった。毛足の長い絨毯《じゅうたん》は想像以上に柔らかく、雲の上を歩いているような感覚に陥《おちい》りつつ廊下を進む。

三メートル近くはある大きな木製の扉の前には、左右に体格のいい筋肉質な外国人が二人立っていた。どちらの男も無表情で、鋭い視線を真琴に向ける。

『本日お約束をしていらっしゃる上杉様です』

総支配人が彼らに英語で伝えると、くすんだ金髪の男の方が前へ進み出た。

「中へ入る前にボディチェックをすることになっているそうです」

「ボディチェック、ですか」

総支配人は笑顔で「ええ」と答えた。

かなり厳重な体制をしいているようだ。

無事に入室許可が下り、塞《ふさ》がれていた道を空けられる。それと同時に内側から扉が開いた。

「お待ちしておりました」

扉の向こうに立っていたのは、昨日依頼人と一緒に事務所を訪れた男性だった。あの時はあまりよく顔を確認しなかったが、こうして正面から対峙《たいじ》すると、彼もまた整った容貌《ようぼう》をしていることに気付いた。

彼は真琴に向かってニコリと微笑《ほほえ》む。そうするとますます優しく誠実な印象が強まった。

「秘書の大月《おおつき》と申します。仕事柄、お会いする機会が多いと思いますが、よろしくお願いします。どうぞ、中へ」

先に立って歩く大月の背筋の伸びた背中を追いながら、真琴は室内に目を走らせた。

まず通されたのはラウンジ。天井には蠟燭《ろうそく》を模《も》したシャンデリアが垂れ下がり、楕円形のテーブルの中央には花が生けられ、その周りにはイスが六脚配置されている。来客があった際にはここで待機してもらったり、商談や会議などを行ったりも出来る造りになっているようだった。

大月はそこを素通りし次のドアを開ける。

リビング兼ダイニングだろうその部屋も、シンプルだが置かれている調度品は趣味がよく、どれも高級そうなものばかりだった。

六十畳はゆうにある広々とした空間でまず目に入るのが暖炉《だんろ》。その前にはゆったりとくつろげる大きなソファが置かれている。そこ以外にもテーブルとイスが置かれたスペースがもう一カ所あり、奥には食事を摂《と》るための大きなダイニングテーブルも設置されていた。また、カウンターキッチンも備え付けられており、シェフを呼んで目の前で料理をしてもらうことや、ちょっとしたパーティもここで開けるようになっているらしい。

真琴は暖炉の前のソファに座って待つよう言われ、大月は一人で隣室へと繋がる扉に向かった。おそらく、依頼人である男を呼びに行ったのだろう。

——ようやくあの日へと繋がる人物を見つけられた。

それも昨日の様子から推測するに、重要な情報を持っているかもしれない。

真琴は行き詰まっていた事態が進展しそうな状況に、久しぶりに気持ちが高揚《こうよう》するのを感じた。恐れからではなく歓喜に似た感情が湧《わ》き上がり、心臓が早鐘《はやがね》を打ち身体が小刻みに震え出す。

はやる気持ちを抑《おさ》えるため、深く息を吸い、そしてゆっくりと吐き出す。その動作を繰り返すうちに、徐々に冷静さを取り戻していった。

しばらくして背後でドアが開く音が聞こえ振り返ると、そこには依頼人である昨日の男が立っていた。彼は軽く口角《こうかく》を持ち上げる。

「待たせたな」

大股で真琴の座るソファまで歩いてきて、向かいにどかりと腰を降ろした。一気に緊張が高まる。

真琴はさっそく昨日の応接室での会話の続きを聞こうとした。

「ずいぶん貧相な格好をしているな」

しかし、わずかな差で男が先に言葉を発し、出鼻をくじかれ返答に窮《きゅう》する。

「まさかそんな見るからに安物とわかるスーツを着てくるとはな。大月、彼の荷物を」

「はい」

呼ばれた大月が手に提《さ》げていた真琴のボストンバッグを男に差し出す。

「開けろ」

大月は忠実な男らしく、命令に従いバッグを開けようとファスナーに手をかける。

ようやく我に返った真琴は、ソファから立ち上がると慌《あわ》ててバッグを取り戻した。

「何をするんですかっ」

中には着替えなどの私物の他に、特殊な道具がいくつか入っている。いずれも仕事で使用している物で、念のためと思い、録音マイクを仕込んだボールペンや小型カメラ、ビデオなどを忍ばせてきていた。

道具類が見つかったらまずいと思い、バッグを胸元に抱え込みながら男や大月の次の動きを警戒していると「見られたらまずい物でも入っているのか？」と聞かれた。ドキリとしたが、なんでもないふうを装い首を振る。

「誰だって断りもなく私物を漁《あさ》られそうになったら、驚いて同じような反応をすると思います」

男はその説明で納得したのか、再度バッグを奪うようなことはしなかった。

「まあいい。それは持っていていいが、私の依頼に携《たずさ》わっている間は、こちらが用意した物を使用してもらう」

この部屋にある扉のうち、先ほど彼が出てきた扉ではない方を顎《あご》で指し示す。

「その部屋を使うといい。クローゼットに一通りの衣服は用意してある。もし他に必要な物があったら、大月に言うように」

「遠慮なくおっしゃってください」

大月がにこやかな笑みを見せる。

「話は以上だ。私はこれから仕事で外出する。帰りは深夜になると思うから、先に寝てかまわない」

そう話を締めくくり腰を上げ、そのまま出て行こうとする男を焦って呼び止めた。

「まだ話は終わってません。ここに来れば知っていることを話してくれるという約束だったはずです！」

真琴は語気を荒らげ男に詰め寄る。ここに着いてから、いや、その前からずっと、彼のペースに乗せられてしまっている。このままではいけない。主導権を握らなくては。

「嘘は嫌いなんでしょう？　さっそく約束を破るつもりですか」

やっと摑んだ情報源を逃すわけにはいかない……。

真琴が強い意志を胸に男の返答を待っていると、彼はゆっくりとした動作でこちらを振り返った。そしてソファの前に立つ真琴の元に戻ってきて、上から見下ろしてくる。

真琴も決して身長が低いわけではないが、男は頭一つ分はゆうに高く、仕立てのいいスーツに包まれた身体にもほどよい筋肉がついていた。こうして並んで立つと男がどれほど肉体的に優れているか、見せつけられているように感じてしまう。

対峙した男の顔からは、先ほどまでの人を食ったような笑みは消えていた。深い色を湛《たた》える瞳にじっと見つめられ、怯《ひる》んでしまいそうになる。

数秒間を置いてから、男はフッと笑った。何に対して笑っているのかわからない、小馬鹿にしたような笑み。

彼は真琴から目を逸《そ》らさないまま、薄い唇を動かした。

「そうだ、私は嘘をつかない。ここに来れば教えてやってもいいと言ったことも覚えている」

「なら、話を……」

真琴の言葉を遮《さえぎ》り男が先を続けた。

「だが、いつ話すかまでは言っていない」

確かに男はすぐに話してくれるとは断言していない。だから彼は今この場で話さなくてもいいだろう、と言う。

しかし、それは詭弁《きべん》だ。

「僕はちゃんと約束通りここに来ました。それに誠意をもって応えようという気は起きないんですか？」

「それはお前の都合だろう。私にだって都合はある。それに私が日本に滞在している間、お前はここにいるのだから、まだまだ時間はある」

最初の話では依頼期間は二ヶ月ほど。下手をしたら最終日ギリギリまで話さないかもしれないではないか。そんなに長い間、情報という餌《えさ》を目の前にちらつかされながら、依頼を遂行《すいこう》しなくてはならないなんて……。

真琴は頭を左右に振った。

「僕はここに来ればすぐに話してもらえると思っていたんです。せめて具体的にいつ話してもらえるのか、それだけでも教えてください」

一向に引き下がらずにいると、男が顎に手を当て考える素振りをする。そうして思案した後、人を食ったような笑顔でこう言った。

「なら、私のことを思い出したら知っていることを教えてやろう」

やはり過去に会ったことがあるらしい。

淡褐色の瞳は時折光の加減で緑に変わる。不思議な瞳。やはり見覚えがある気がするが、名前すら思い出せない。

「僕はそれを含めて聞きたいんです」

「この条件は譲れない。お前が私を思い出すこと、それが条件だ」

真琴が粘《ねば》っても、男は言葉通り条件を変えることはなかった。真琴は渋々それを了承する。しかし、そこで一抹《いちまつ》の不安が脳裏を過《よぎ》った。

「もし僕が思い出さなかったら？」

「思い出すまで傍《そば》にいればいい」

男は冗談なのか本気なのか、判別がつかない顔で笑う。

苛立《いらだ》たずにはいられない。

この男はいったい何がしたいのだろう。

真琴が押し黙っていると、男が面白そうに目を細めた。

「これから二ヶ月間、私のパートナーとして共に暮らすのだから、名前くらいは教えてやろう。私の名前は久納和士《くのかずし》だ。よろしく」

久納は笑顔のまま右手を差し出し握手を求めてきた。迷ったが彼は大口の依頼人でもあるし、何より真琴の欲していた有力な情報を持っている可能性がある。

横柄《おうへい》な言動が鼻につくが、真琴は苛立つ気持ちを抑えてその手を握り返す。

「……よろしくお願いします」

こうして今回の二ヶ月にも亘《わた》る長期の仕事が幕を開けたのだった。


依頼人である久納との生活が始まって三日が過ぎた。当初の目的である情報を聞き出すことは未だに出来ていない。

それというのも久納は多忙らしく、ホテルにいる時間はごくわずかで、深夜に帰ってきたかと思うと翌日の早朝にはすでに仕事に行ってしまっている。おかげで初日に顔を合わせて以来、一度も久納に会っていなかった。

「上杉さん、少し休憩しませんか?」

目の前にコーヒーの入ったカップを置かれた。一応仕事中だし、と迷う素振りをすると、大月が言葉を付け足す。

「私が休憩したいので、少し付き合ってください」

知り合って間もないが、大月はすでに真琴の生真面目な性格をわかっているようだった。真琴の心の負担を軽くするため、言葉を選んでくれている。

真琴はペンを置き本を閉じると、テーブルに置かれたカップに口をつける。実は少し前からドリップするコーヒーのいい香りが室内に漂っており、コーヒー好きにはたまらない状況だったのだ。

「美味《おい》しいです」

素直に感想を口にする。お世辞《せじ》抜きで大月の淹れてくれたコーヒーは美味しかった。

大月はテーブルの反対側の席に腰を降ろすと、真琴の感想を聞いて笑みを深くした。

「コーヒーにはこだわりがあるんです。この時期は湿度が高いから、美味しいコーヒーを淹れるのはけっこう難しいんですよ。梅雨の時期以外なら、もっと美味しいコーヒーを淹れられるんですけどね」

大月はそう言うが、今でも十分美味しい。

彼はさらに「小腹がすきましたね」と言ってクッキーまで持ってきてくれた。よく気が利くことにも感心する。

「ここでの生活には慣れましたか？」

「……なかなか簡単には行きません」

大月の世間話の延長のような問いに、真琴は正直に答えた。

久納から依頼されたのは、彼の恋人として一緒に暮らし時にはパーティや食事会などにも出席すること。しかし、久納のような地位のある男の隣を歩くのならそれ相応の教養を身につけるよう言われ、ホテルに籠《こ》もり一日中出された課題をこなして過ごしている。

真琴はリビングのテーブルの上に所狭しと広げられた多種多様な本を見下ろし、ため息をつく。一口に教養と言っても、久納が求めてきたレベルはかなり高かった。

言葉使いや所作《しょさ》、テーブルマナーについてはもちろんだが、パーティで交わされるであろう会話についていけるように、世界情勢や政治の話はもちろん、音楽や美術品についても、学ばなくてはならないことがたくさんあった。語学に関してはは英語がネイティブレベルで話せることから免除になったが、これに語学の勉強までついてきたら、パーティに同行する前に依頼最終日を迎えていただろう。

「覚えることが多すぎて、頭がいっぱいです」

真琴の忌憚《きたん》ない言葉に、大月は小さく笑みを零《こぼ》す。

「わざわざ教えていただいて、すみません。お仕事の方は大丈夫なんですか？」

「これも仕事のうちですから、気にしないでください」

そう優しい口調で言われても、これはどう考えても秘書の仕事の範疇《はんちゅう》外だろう。本来の仕事に支障をきたしていないわけがない。

真琴が恐縮していると、そんな心中を察したのか、大月が笑ってフォローしてくれた。

「私も最初は上杉さんと同じ状態でしたから、お気持ちはよくわかります。普通、男はクラシックとか絵画には興味ないものですし。久納の秘書になってから世界中を回るようになって、上流階級の人と接する機会が増えたので、必要に迫られて必死で覚えました」

「大月さんは久納さんの秘書になって何年なんですか？」

「五年になります。二十七歳で前の会社を辞《や》めて、久納の会社に入りました」

「五年前……。久納さんもお若いですよね。若くして大きな会社を経営されているだなんてすごいですね」

「そうですね。久納は私の三つ上ですが、自分で一から会社を築き上げたそうです。そして今も事業を拡大し続けている。少し横柄なところはありますが、尊敬しています」

今は真琴の教育係をしているため商談等には同行していないが、大月は久納のまさに右腕とも言うべき存在らしく、日に何度も電話でやり取りをしている。内容まではわからないが、電話口での大月の口調や対応から、相手は久納であったり、または同行している部下であったり、取引先の会社だったりと、様々な仕事関係者と連絡を取り合い、そして意見を求められればその場にいなくとも的確な発言をしている。おそらく久納も大月の仕事ぶりを評価しているからこそ、同行させずとも大丈夫だと判断したのかもしれなかった。

大月は人柄もよく物腰も穏《おだ》やかで、仕事も出来る。その上美形。まさに完璧な男だった。

ここまで非の打ち所がないと大なり小なり妬《ねた》ましく思ってしまいそうだが、大月には不思議とそういった負の感情は湧いてこない。おそらく、彼が自分の秀でた部分を鼻にかけることがなく、常に笑みを絶やさないからかもしれない。

「大月さんがいてくれて助かってます。丁寧に教えていただいて、ありがとうございます」

真琴が礼を述べると、大月はやや慌てたように頭を振った。

「そんなことは気にしないでください。上杉さんも、今回の依頼は通常と違って戸惑ってるでしょう。無理を言って仕事をお願いしたのはこちらなんですから、出来る限りのフォローは当然です」

大月には本当によくしてもらっていた。

久納のことは敬遠しているが、大月は彼とは性格が真逆なため話しやすく、人と距離を置きがちな真琴もすぐに打ち解けることが出来た。ただ一つ不満があるとすれば、大月の口がとても堅く久納についての情報が得られそうもないことくらいだろう。それでも許可を得ている範囲で質問に答えてくれていた。

「ずっと気になってたんですけど、普通パーティに同伴するのは女性のはずでは？　なぜ男を指定したんですか？　久納さんなら同伴する女性に不自由しないでしょう？」

「まあ、そうですね。女性には不自由してないと思いますよ。これまで男性とパーティに出席したこともないです。実は、私も今回の件について、詳しく聞かされてないんですよ」

「大月さんも？」

大月はゆったりとした仕草でカップをソーサーに置き、困ったように頷いた。

「田代探偵事務所へも、久納が自らコンタクトを取ったんです。何も知らなかったから、当日の朝、突然『ついてこい』と言われて探偵事務所に連れて行かれて驚きました。そこでパーティに同伴させる男性を探していると知って、さらに驚いて……。あの時は頭の中で話を整理するだけで精一杯でしたよ」

「そうだったんですか」

依頼に来た時の大月の様子はあまり覚えていないが、久納の隣に静かに座っていて、彼の動揺は端《はた》からは感じ取れなかった。

「……実は、ずっと謝らなければならないと思っていたことがあるんです。上杉さんがこの部屋を訪ねてきた時、久納に言われたとはいえバッグを無断で開けようとして、すみませんでした。過去にライバル会社から妨害されたり、久納の身に危険が及んだりしたこともあったもので、危険な物を持ち込んでいないかチェックしたかったんです。それでも、いきなり私物を漁ろうとしてしまい、申し訳ありませんでした」

「もう気にしてませんから。それに、大月さんは久納さんに従っただけですし。そうせざるを得ないほどのことがあったんですから、警戒して当然だと思います」

「そう言っていただけると助かります。真琴さんがいい方でよかった」

自然な感じで下の名前で呼ばれた。真琴が指摘する前に自らそれに気付いたようで、照れくさそうに微笑まれる。

「あ、すみません、つい……」

「好きに呼んでもらってかまいません」

真琴は本心からそう言った。

事務所で会った日を入れても、まだ四日しか一緒にいないのに、大月に対してすっかり心を開いていた。話せば話すほど、好感度が上がっていく。大月の口調や雰囲気が、真琴の警戒心を薄れさせているのかもしれない。

　こんなふうに思える人に会ったのは二人目だ。見た目は似ていないが、笑った時の優しそうな雰囲気が彼に少し似ている。

「お言葉に甘えて、これからは真琴さんとお呼びさせてもらいますね。私のことも好きに呼んでもらってかまいませんよ。大月、と呼び捨てでもいいし、ファーストネームの麻斗《あさと》でも」

「僕はこのまま大月さん、と呼ばせてもらいます。呼び捨てに慣れてないので」

「そうですか？　では、気が向いたら変更してもらっていいですからね。私だけ名前呼びだと、少し寂しいですし……。まるで片想いみたいですね」

　大月の冗談めかした言い回しに、真琴の口の端がわずかに持ち上がる。それに気付いた大月がホッと安堵《あんど》の息を吐く。

「よかった。真琴さん、ここに来てからずっと気を張ってるみたいだったから……」

　大月がそこまで言ったところで、リビングとラウンジを仕切る扉が開いた。

「なんの話だ？」

　絨毯に足音が吸収されて、扉が開くまで久納が戻ってきたことに全く気がつかなかった。突然のことに反応出来ずにいる真琴に対し、大月は即座に立ち上がり久納を迎え入れる。

「おかえりなさいませ。お早いお戻りですね」

「ああ、先方との話が思ったよりも早くまとまったんだ。日本に来てからずっと働きづめだったし、今日くらいは早く帰るかと思ってな」

久納が脱いだ上着を大月に渡し、ネクタイを緩《ゆる》めながら真琴の方へ歩いてきた。そしてテーブルの上に広げてある本やノートを確認した後、コーヒーの入ったカップと焼き菓子へと視線を移す。

「ちゃんと勉強は進んでるのか？　おしゃべりに夢中で肝心の勉強がおろそかになってないだろうな」

嫌味の籠もった言い回しに真琴が言い返そうとするが、それよりも早く大月が頭を下げる。

「申し訳ありません。私が休憩時間だからと話しすぎてしまいました。以後気をつけます。真琴さんの勉強の方は予定通り進んでおりますので、ご安心ください」

彼は上司の嫌味とわかっていながら、真琴を庇《かば》い一人で責任をかぶろうとした。その潔《いさぎよ》い態度に、真琴の中で大月の株がさらに上がる。

「『真琴さん』だと？　ずいぶん仲良くなったものだな。片想いがどうとか言っていたし、のんきなものだ」

「申し訳ありません」

「あれはそういうことじゃなくて……」

責められる大月を黙って見ていられなくなり、真琴が口を挟《はさ》む。しかしそれをも遮り、久納が背を向けた。

「私は外を歩き回って疲れているんだ。そんな時に言い訳は聞きたくない」

久納はそのまま私室に使っている主寝室へと向かう。大月に食事の時間になったら起こすように伝え、男は扉の向こうに消えた。

「……すごいワンマンですね」

思い切って出会った当初から思っていたことを大月に言ってみた。大月は苦笑しながら小声で、「ですが、仕事でもプライベートでも、間違ったことは言わない方なので」と返してくる。

久納とはほとんど話をしていないが、事務所で顔を合わせた時に感じた、仕事が出来るがゆえに傲《ごう》慢《まん》な男という印象そのままの人物なのだろう。そんな久納を影ながらフォローし支えてきたのが、大月というわけか。なんとなく、二人の関係や役割がわかってきた。

「さて、そろそろ続きをしましょう」

真琴もその言葉に従い美術史の本を開く。大月は要点をまとめて話してくれるのでわかりやすい。この調子なら、会話に困らない程度の知識は思ったよりも早く身につけることが出来そうだ。

久納の素性《すじょう》については、今も気になっている。そのためにこの案件を続けているようなものだ。彼の持っている情報を聞き出すためにも、今は素直に久納に従っているべきだと判断し、大月の講義に耳を傾けた。

……ところが翌日、この生活に変化が起こったのだ。

朝七時半に、真琴がいつものように与えられているツインのベッドルームを出てリビングに顔を出すと、そこにはすでに大月の姿があった。彼はこのホテルの別の部屋を取っていて、そこから毎日通って来てくれており、普段は勉強を始める九時頃に訪れている。

「おはようございます」

大月はすぐに真琴に気付き、爽《さわ》やかな笑顔で挨拶《あいさつ》をしてくる。やや低血圧気味で朝が弱い真琴は、一瞬自分が寝坊してしまったのかと焦った。

「もうそんな時間ですか？」

慌てて棚に置かれている置き時計を確認する。時刻は七時三十五分。寝坊はしていないようで、ひとまず安堵する。

いつもと状況が異なり戸惑う真琴を、大月は手招きしてダイニングテーブルのイスに座らせた。そこには朝食が二人分並べられている。オムレツにベーコン、サラダ、クロワッサン。中央に置かれたバスケットの中にもパンが何種類か入っている。さらに席に着くなり淹れたてのコーヒーが置かれた。

「朝食はルームサービスで適当に頼んでしまいましたが、このメニューで大丈夫ですか？」

「はい、なんでも」

大月は「よかった」と言って笑う。てっきり真琴と大月の分だと思っていたが、彼は向かいの席には座らずリビング側に置かれているテーブルで書類を広げ始めた。

「大月さん？　朝食は食べないんですか？」

「私はもう食べましたから」

「でも、まだここに……」

その時、主寝室の扉が開き、久納が姿を現した。

「おはようございます」

「ああ」

「食事のご用意が出来てます。今コーヒーをお持ちいたします」

久納は頷きを返すと、真琴の正面に腰掛けた。

ここで暮らし始めて四日目。

彼と食事を共にするのは今日が初めてだ。

「……なんだ？」

久納はテーブルに用意されていた新聞に目を通しながら、こちらに視線を向けずに不機嫌そうな声で問いかけてきた。まさか久納と朝食を食べるとは思わず、驚きのあまりまじまじと見つめてしまっていたようだ。なんと答えたものかと思案しつつ、まだ回転の鈍い寝起きの頭で無難な質問を口にする。

「今日はこれから仕事に？」

「ああ」

「珍しくゆっくりなんですね」

その時大月がコーヒーを運んできたので、一旦《いったん》会話が途切れる。久納はそれ以上何も言わず、フォークを手に食事を開始した。真琴もそれにならい、クロワッサンを手に取る。会話もなく、二人で黙々と食事を進めた。

「コーヒーのおかわりはいかがですか？」

「もらおう」

「真琴さんは？」

「僕は大丈夫です」

食事が終わると、書類を整理していた大月がそれを察知してコーヒーのおかわりを勧めてきた。真琴はようやく今この時が久納に質問するチャンスなのではと気付き、タイミングを窺う。

そうして久納が新聞をテーブルに置いたのを確認し、切り出した。

「お話があります」

「なんだ」

真っ白なテーブルクロスがかけられたダイニングテーブルの向こう側。男はストライプの入った濃紺のスーツ姿で、ゆったりと足を組みカップをソーサーに置く。さすがに上着は脱いでベスト姿だったが、すでにきっちりネクタイまで締め、隙のない格好をしている。それに対し、真琴は用意されていた部屋着のコットンのシャツに七分丈のパンツという装い。久納の年齢は三十五歳だから真琴と三つしか違わないのに、こうして対峙すると服装や仕事からではなく、もっと別の部分で違いを感じる。

真琴は鋭い眼光を向けられ、気後れしてしまいそうな自分を心の中で叱咤《しった》し、目を逸らすことなく久納を見据《みす》えた。

「あなたの持っている情報を教えてくれませんか」

「私のことを思い出したのか？」

痛いところを突かれ言葉に詰まりつつ、すぐばれる嘘もつけないため、正直に「いいえ」と首を振る。

「思い出したら、という約束だったはずだ。それ以外の条件は認めない」

「でも、どうしても知りたいんです」

久納は真剣な顔で詰め寄る真琴を鼻で嗤《わら》った。

「それは私には関係ないことだ。なんと言われようと、条件を変えるつもりはない。知りたければ、思い出すことだ」

「…………」

「わかったか」

「……わかりました」

久納のようなタイプの人間はこれまで周りにいなかった。傍にいるだけでその存在感に圧倒される。怒鳴らずとも人を従わせる力を持つ男。反発を覚えないわけではなかったが、彼は決してめちゃくちゃなことを言っているわけではない。

「よろしい。話がそれだけなら、私は仕事に入る」

久納は話を締めくくると立ち上がった。上着を着ていないから、広い肩幅と引き締まった腰のラインがよくわかる。まるで彫像のように均整の取れた身体。名前は日本名だが、およそ日本人離れしたバランスの取れた肢体《したい》と彫りの深い顔立ちから、もしかしたら外国の血が入っているのかもしれないと思った。

久納は扉に向かう途中で、大月がテーブルに広げていた資料を手に取る。

「準備は出来てるか」

「隣室に全て持ち込んであります」

久納は大月にいくつか指示を出した後、ラウンジへと続く扉の向こうに消えた。真琴は違和感を覚える。

「準備ってなんですか？」

毎日早朝から深夜まで仕事のため外出していたことは知っているが、どこで何をしているのか大月に聞いても詳しくは教えてもらえなかった。依頼内容のこともあり、久納はどこか得体のしれないところがある。怪しいと思わずにいられないが、こうして高級ホテルのペントハウスに長期滞在していることから、彼がそれ相応の財力と地位を持っていることは確かなようだ。

「今日から久納はここで仕事をすることになったんです」

「ここで？」

大月は頷く。

「ここで仕事って、どういうことですか？」

「正確には隣のラウンジで、ですけどね。昨夜《ゆうべ》久納から言われたんです。取引先と会う予定があったからこれまで一日中外出していて、書類にも出先で目を通していましたが、挨拶回りが一段落したからホテルで仕事をする、と」

「そうだったんですか」

どうりで今朝はゆっくり朝食を食べていたわけだ。

「真琴さんはこれまで通り、日中はこの部屋で勉強してもらいます。私は真琴さんの勉強を見ながら時々久納の仕事も手伝うことになるので、これまでのようにつきっきりで教えるわけにはいきませんが、質問があれば気軽に声をかけてください。あと、すみませんが、隣のラウンジには出入りを控えていただきます。機密事項を記した書類やパソコンが置いてありますので」

真琴が了承したのを確かめ、大月は仕事を再開した。テーブルの上の紙の束《たば》を持ち上げ、紙面を捲《めく》りながらノートパソコンに何やら打ち込んでいく。どうやら、ソファセットの横に設けられた一角が、大月の仕事スペースになったらしい。

真琴はテーブルの上の皿をワゴンに載せ、自室で手早く着替えをすませて再びダイニングに顔を出した。少し早いが勉強を始めるため、渡されている参考書代わりの本と音楽プレイヤーをテーブルに置く。今日はクラシック音楽について教えてもらうことになっていた。真琴はイヤホンを耳につけ、再生ボタンを押す。すぐに中学生の頃、音楽の授業で聴いたようなメロディーが聞こえてきた。

真剣に聴いているふりをしながら、真琴はチラリと扉へ視線を送る。

——チャンスかもしれない。

これまで久納とは全くと言っていいほど、接触をはかれなかった。それが今は、扉一枚隔《へだ》てた向こう側にいるのだ。顔を合わせる機会も増えるだろう。それに大月も真琴にかかりっきりではなくなるため、監視の目が緩くなる。

まだ具体的にどう動けばいいのかわからないが、久納が近くにいれば行動を把握しやすい。何か彼を思い出すためのきっかけも得られるかもしれないと思った。

——彼はいったいどんな情報を握っているのだろう。

なぜ偽名を使っていたのか、自分が刑事として潜入捜査をしていたということも知られているのだろうか？

いずれにせよ、なんとしても情報を聞き出して、三年前のあの日に決着をつけたい。

真琴は大月がまとめてくれていた曲の解説が書かれたプリントに視線を落としながら、頭ではそのことばかり考えていた。


「お疲れ様です」

大月のその言葉に顔を上げる。久納が休憩のためリビングに入ってきたようだ。

不審に思われないよう真琴は音楽を聴いているように見せかけ、プレイヤーの一時停止ボタンを押して二人の会話に耳を傾ける。

「コーヒーをお持ちいたしましょうか」

「ああ」

久納は大月の作成した書類をその場で確認し、それが終わると真琴のいるダイニングテーブルに近寄ってきた。朝座っていた向かいのイスを引き、腰を降ろす。

「進んでるか」

「ええ、まあ」

まさか話しかけられるとは思っていなかったので、少なからず動揺した。久納は大月がコーヒーを淹れ終わるまで手持ち無沙汰《ぶさた》なのか、さらに話しかけてくる。

「何を聴いてるんだ」

言い終わるやいなや、久納の手が伸びてきて真琴の耳にあるイヤホンを奪い、それを自分の耳にあてがった。慌てて再生ボタンを押す。

久納は数秒聴いた後で、曲名から作曲者、はては指揮者まで言い当てる。真琴もこれには素直に驚き、目を丸くした。

「すごいですね」

「付き合いでよく招待されるからな。嫌でも覚える」

久納は音楽プレイヤーを操作して、他にどんな曲が入っているのか確認しているようだった。そして一通り聴き終わると、「大月らしい選曲だな」と一笑する。

「当たり障りのない、一定の評価をされている作品ばかりだ」

久納の言葉にキッチンにいる大月が返す。

「確かに冒険はしていませんが、このあたりの曲目なら、誰に言ってもわかるでしょう。パーティでの会話のネタとしてだったら、ちょうどいいと思います」

「そつはないが、面白味にかける。それより、テーブルマナーはちゃんと教えてるのか？」

「真琴さんもある程度マナーを心得ていらっしゃるようなので、そちらは後回しでいいかと思いまして」

大月がそう答えた途端《とたん》、久納が鼻で嗤い胸の前で腕を組む。

「マナーの心得がある？　朝食の席ではひどかったぞ」

小馬鹿にしたような目を向けられ、真琴は不快感から憮然《ぶぜん》と男を見返した。久納はそれでも攻撃の手を弱めず、真琴に対する駄目出しを重ねる。

「汚いとまでは言わないが、食べ方に品がない。ぼんやり食べているだけで面白い会話も出来ない。知識を教えるのはそこそこでいいから、マナーや立ち居《い》振る舞いを徹底的にたたき込め。これじゃあ恥ずかしくて連れて歩けない」

確かに朝が弱いということもあり、朝食の時はぼうっとしていたと思う。食べ方にも気を回さず、家にいる時と同じように食べていた。けれど、そこまで言われるほどひどくもないと思うし、人前に出ればもっと気を遣《つか》える。一般的な教養は身につけていると自分で思っていたこともあり、久納の評価は心外だった。それでも彼の言っていることは正しい部分もあるので、言い返せない。

真琴が黙っていると、久納は大月にこんな指示を出した。

「昼食はコース料理にしよう。夜もだ。ここにいる間は、食事中も勉強の時間だ」

「かしこまりました」

久納の前にコーヒーが置かれ、彼はそれにブラックのまま口をつけた。大月は真琴にもコーヒーを出してくれたが、用意した本人の分はない。大月はさっそく内線で昼食のオーダーを出す。それが終わってもイスに腰掛けもせず、やや離れた場所に立っていた。

「大月さんも一緒に休憩しませんか」

大月を差し置いて自分たちだけ休憩しているこの状況が居心地悪く、そう声をかけた。しかし、大月は微笑みながら申し出を辞退する。真琴がもう一度誘おうと口を開きかけた時、久納から横やりが入った。

「大月のことは気にするな。彼は秘書だから、同じテーブルには着かない」

「いつもは一緒に休憩してます」

先ほど失礼なことを言われたこともあって、思わず強い口調で言い返してしまった。久納が怒ることはなかったが、やれやれといった様子で説明し始める。

「今は私がいるだろう。ボスである私が許可していないのに、同席するのはマナー違反だ」

そんなことも知らないのか、とでも言いたげな口調。言われれば確かに納得出来たが、なら久納が一声かければいいと思う。秘書は奴隷《どれい》じゃない。共に仕事をしているのだから、いたわりの心は必要だ。

「なら、久納さんから一緒に休憩するよう言ってください」

「真琴さん、私のことは気にしなくていいですから。ちゃんと別の時間に休憩は取ってますし」

「それでも、僕は大月さんだけを立たせて、休憩することは出来ません」

視線の先で、久納の顔から徐々に小馬鹿にしたような笑みが消えていくのがわかった。真琴が言葉を発するたびに表情が険しくなっていく。

生意気なことを言って久納を怒らせていることはわかっていたが、それでも止まらなかった。

「久納さん、大月さんにも……」

「ずいぶん仲良くなったものだな」

いくぶん大きな声で言葉を遮られ、真琴が口をつぐむと、久納がカップを置き立ち上がった。

「お前に大月をつけたのは、お友達を作ってやるためじゃない。大月は秘書として私に同行することが多いから、きちんとマナーを身につけているし教養がある。教育係として適任だと思ったから、お前につけた。そこを間違えるな」

「ちゃんとわかってます」

「なら、どうして依頼人である私の意向を無視してまで、大月を気にかけるんだ？　大月をただの仕事上の相手としか思っていないのなら、ここまで強く私に意見を言うことはしないはずだ」

「それは……」

言葉が途切れる。久納の言葉を否定することは出来なかった。彼の言っていることは正しい。正しいけれど、全てを受け入れることは出来ない。

真琴が言葉に詰まっていると、見かねた大月が助け船を出してくれた。

「ボス、真琴さんはいつもと違うから戸惑っているだけなんだと思います。お優しい方だから」

久納は傍に控えていた大月に近寄り、低い声で新たな指示を出す。

「大月、お前も勘違いさせるような態度を取るな。線引きするためにも、名字で呼ぶようにしろ」

「……はい、申し訳ありませんでした」

久納はそのままラウンジへ消えた。

久納がいなくなっても、部屋の中にはなんとも言えない重い空気が漂っている。真琴は自分の発言が元で大月にまで迷惑をかけてしまったことを反省した。

「大月さん、すみませんでした」

大月は真琴の気持ちを軽くするためか、笑顔で「大丈夫ですよ」と返してくる。

「確かに私も悪かったんです。たまに仕事だということを忘れて接してました。巻き込んでしまってすみません」

大月はそう言ってくれたが、悪いのは自分だ。久納に何を言われても言い返したりせずにいればよかっただけのこと。よかれと思ってしたことでも、結果的により事態を悪化させてしまった。それも、大月を巻き込んで……。

久納は最初から横柄だった。自分の意思を強引に押し通すところなど、特に身勝手に感じた。それでも全てを持っている者の余裕か、いつもは鷹揚《おうよう》に構えている部分があったのだ。

しかし、先ほどは違い、明らかに悪意が籠もっていた。皮肉った言い回しはいつものことだが、真琴が久納のやり方に異論を唱《とな》え始めてから急に機嫌が悪くなったように思う。ただの探偵に過ぎない自分が口を出したことが、彼の逆鱗《げきりん》に触れてしまったようだ。

「そんなに気になさらないでください。今日は少しボスの機嫌もよくなかったですし、間が悪かっただけですよ。よくあることです」

考え込む真琴に、大月が優しくフォローを入れてくれる。話題を変えるためにクラシック音楽についての講義を始めたので、真琴も頭をそちらに切り換えた。

久納のことはまだまだわからないことだらけだ。ただの依頼人としてだったらいつものように深入りはせず、仕事に徹するだけですむ。けれど、彼は別。真琴が探していた情報を握っているかもしれない。それを得るためには、久納のことを思い出さなくてはならないのだ。思い出すためには、彼のことをもっと知らないと……。

一筋縄《ひとすじなわ》ではいかなそうな男を相手に、これからどう調べを進めていくか、本来の仕事以上に難しい問題に直面し、真琴はしばらく頭を悩ませることになるのだった。

その日の午後、眠気と戦いながらテーブルに向かっていると、リビングに備え付けられている電話が音を立てて鳴り出した。

傍にいた大月が受話器を持ち上げ、短く言葉を交わした後すぐに隣室に消える。てっきり久納からの内線だと思ったが、どうやら違ったようだ。大月は戻るなり真琴に来客があることを告げてきた。

「下のロビーでお待ちいただいてます。久納にも許可を取りましたので、どうぞ行ってきてください」

「来客って、誰ですか？」

「田代さんとおっしゃったので、探偵事務所の方かと」

「所長が？」

ホテルの場所は伝えてあるが、わざわざ仕事中に訪ねてくるだなんて、何かあったのだろうか。

真琴は田代が待つロビーへと向かうためラウンジを横切ったが、久納は書類に目を通していてこちらを一度も見なかった。

真琴が指定されたロビーに着くと、ソファから立ち上がった田代に控えめに手招きされる。

「よう、上杉」

「所長、どうかしましたか？」

田代は真琴の顔を見て安堵したように息をついた。

「全然連絡してこないから心配したぞ。無事でよかった」

「すみません、特に報告するようなこともなかったですし、外部への連絡も最小限に控えてほしいと言われていて」

通常なら捜査員の無事を伝える意味でも、一日一回は必ず事務所に連絡を入れることになっている。しかし、久納がホテルを仕事場としており情報の漏洩《ろうえい》を防ぐため、大月から外部との不必要な接触は控えてほしいと頼まれていた。

一応、連絡が少なくなることは伝えてあったが、ここに来てから一度しか連絡を入れていない。さすがに心配して、わざわざ無事を確かめに出向いてくれたようだ。

「大丈夫だとは思ったが、今回は特殊な依頼だからな。オレもそうだが、事務所のやつらも心配してな」

「そうですか。ご心配をおかけしました。ですが、特に問題もなく順調に進んでます」

「それならいいんだ。……最初に依頼人と揉《も》めてたみたいだったし、そのことも気になってたから」

さりげなく水を向けられる。

田代を始め、事務所のスタッフには真琴の目的は何も話していない。そしてこれからも言うつもりはなかった。誰かに気軽に話せる話ではないからだ。

「何かオレたちで力になれることがあったら言ってくれよ」

しかし、田代の言葉に日頃あまり人を頼らない真琴の心が揺れる。

一人で調べるには限界があり、時間も限られている。真琴は思い切って田代に久納の身辺調査をお願いすることにした。反則のような手だが、どんな些細《ささい》なことでもいいから久納を思い出す手掛かりがほしかったのだ。

案《あん》の定《じょう》、不審に思った田代からしつこく理由を聞かれたが、真琴は頑《かたく》なに口を閉ざした。どうあっても口を割らないと悟ったようで、田代が折れて了承してくれる。

「強情なやつだよ、まったく。もう少しオレたちを信用しろ」

「してます」

田代はため息をつきながら頭を左右に振った。その顔は苦々しく歪《ゆが》んでいる。

「……二年前、あいつから頼まれたんだよ。お前をよろしく頼むって。プライドの高いあの男が、刑事辞めて探偵なんて商売やってるオレに、頭下げたんだ。だからオレにはお前をちゃんと面倒見る義務がある。どうしても心配しちまうんだよ」

田代の言う『あいつ』とは、真琴の刑事時代の上司のことだろう。彼は田代と同期で、そのツテで真琴が刑事を辞めた後の再就職先として、田代探偵事務所を紹介してくれた。

しかし、元上司が自分のことをそこまで心配していたというのは初耳だった。

「ご心配いただかなくて大丈夫です。僕だってもう三十過ぎたいい大人ですし」

「だがな、やっぱり気になるんだ。お前、いつまで経っても事務所に馴染まないし。……時々すごく怖い顔してるの、気付いてるか？」

「……すみません、もう戻らないといけないので。今日はありがとうございました」

真琴は立ち上がると、逃げるようにエレベーターまで急ぐ。

「おい、上杉！」

背中に声がかかるが、真琴は振り向かなかった。

「僕は大丈夫です」

田代を見ずに、まるで自分自身に言い聞かせるかのように返す。

真琴は薄々気付いていた。

自分の本心に。

探偵事務所のスタッフと馴染もうとしないのは、また同じことを繰り返したくないから。

もう誰も巻き込みたくない。

親しい人を傷つけたくなかった。

だから、あらかじめ予防線を張ったのだ。一人でいれば、誰も巻き込まない。

真琴がエレベーターに乗り込むと、扉が閉まる寸前に田代の声が聞こえた。

「それでも心配なんだよ」と。

その言葉が胸に突き刺さり、息が苦しくなった。


「何回言えばわかるんだ」

ため息と共に吐き出される呆《あき》れた声。

真琴は内心で「またか」と呟《つぶや》く。

注意されたら最初は直そうと努力していたが、こう頻繁に言われたら、混乱してどこを直せばいいのかわからなくなってくる。

「背筋を伸ばせ。マナー以前の問題だ。姿勢が悪いとそれだけで行儀悪く見える」

「……すみません」

意識して背筋を伸ばす。久納は真琴の姿勢をチェックし、食事を再開する。

真琴もナイフとフォークを動かしメインの肉料理を切り分けるが、なかなか皿の中身が減らない。

正直、注意されてばかりで食欲がなくなっていた。定評のあるホテルのコース料理だから美味《うま》いはずなのに、何を食べても同じような味に感じる。早くこの苦行のような食事が終わらないかと、そればかり考えてしまう。

「食べないのか」

「……食欲がなくて」

「食べないのなら、無意味に皿の中をいじくりまわすな。汚い」

「………」

真琴はフォークを置き手を下げる。濃い味付けの料理ばかりだったため喉《のど》が渇いていた。しかし、テーブルの上には久納が選んだワインがあるのみ。ワインが苦手な真琴は申し訳程度に口をつけただけで、こちらも全然減っていない。

真琴は部屋の隅に控えているウェイターを窺う。久納が部屋で食べると言ったため、給仕のために一人ウェイターが派遣されてきていた。

久納は気兼ねなくワインのおかわりなどを頼んでいるが、慣れていない真琴は水一杯頼むのも気が引けてしまう。

すると真琴の控えめな視線に気付いたようで、ウェイターが音もなく近づいてきた。

「何かご用でしょうか」

「いえ……」

「ワインがぬるくなってしまったようですので、代わりの物をお持ちいたしましょうか？」

「あの……出来たらワインじゃない物をお願い出来ますか」

何か言われるだろうか。久納の反応を窺いつつ、渡されたメニューを見てミネラルウォーターを注文する。「少々お待ちください」と言い置いて、ウェイターは退室した。

「ワインは飲まないのか」

「少し苦手なんです」

「それならそうと、始めから言えばいいものを」

人に意見を求めずにさっさと注文してしまった人間が言うことか。苛立ちが込み上げたがここで言い返してもしょうがない。真琴はグッと我慢した。

広い部屋には久納と真琴の二人だけ。会話もほとんどないため室内は静かだ。

久納とこうして食事を共にするようになって数日が過ぎた。

始めのうちはこの食事の時間に情報を聞き出そうと色々と探りを入れていたが、久納の取り付く島もない態度に最近は話しかけることもなくなっていた。

食欲もないし、気詰まりなこの空間にいるのも苦痛で、食事の途中だが退席したくなってくる。しかしそれをしたらまた久納に注意されることがわかりきっているため、真琴は仕方なくイスに座ってぼんやりとテーブルの上に飾られた花を眺《なが》めていた。

「他には？」

しばらくして、いきなり久納から話しかけられた。

ぼうっとしていた真琴はすぐに反応出来ず、数秒間が空く。

「え？」

質問の意図がわからず聞き返すと、それがせっかちな男の癇《かん》に障ったのか渋面《じゅうめん》を作られた。

「他に食べられないものはあるのか、と聞いたんだ」

急にどうしたのだろう。これまでそういったことは、いっさい尋ねられたことがなかった。

大月とは雑談を交わすが、久納とはビジネス上の会話しかしない。気軽に雑談出来るような雰囲気ではないし、真琴も自分から話すこともなかったのだ。

真琴がやや驚いていると、久納に鋭い視線で答えを促《うなが》される。別に隠すほどのことでもないので

「特にないです」と答えた。

「なら、なぜメインにほとんど手をつけてないんだ」

「今日はたまたま、食欲がないだけです」

「軽いものの方がよかったか？　今から注文してもかまわないぞ」

もしかして、自分の身体を気遣ってくれているのだろうか。

この身勝手で強引で傲慢な、独裁者のような男が。いったいどんな風の吹きまわしだろう。少しは人間らしいところもあったのだろうか。

しかし、次に言い放った言葉でそれが自分の思い違いだったことに気付かされた。

「頼むのか頼まないのか、はっきり自分の意見を言え。黙っていたらわからない。ずっと思っていたが、どうしてお前はそうなんだ？　私に何か言われても黙るだけで、理由があっても説明しない。子供じゃないんだから、自分の意見はちゃんと言葉にして主張するものだ」

言いたいことはある。だが、言い返すのも面倒で、真琴はここのところ何を言われても引いていた。一応依頼人でもあるし、彼の機嫌を損ねて依頼自体がなかったことにされてしまうと事務所にとっても、情報がほしい真琴にとってもいい結果にならないからだ。

真琴は再び口を閉ざした。そこへようやく先ほどのウェイターが戻ってきて、新しいグラスに冷えたミネラルウォーターを注いでくれる。さっそくそれに口をつけながら、真琴はなぜこの男はこれほど自分に突っかかってくるのか、理由を考え始めた。

――嫌い、なのだろうか。

だから、ここまで嫌味の籠もった小言《こごと》を言うのだろう。でも、それならなぜ自分を指名したのか。

真琴が押し黙り考えを巡らせていると、久納が皿の上にナイフとフォークを放り投げるようにして乱暴に置いた。

「もういい。下げてくれ」

ウェイターが顔色一つ変えず食器を下げる。久納は顎で真琴の皿を差し「彼のもだ」と付け足す。

真琴は静かにしていた。口答えもしていない。今日だけでなく、最近は久納に従っている。それなのに、日を追うごとに彼は苛立っていくようだった。

「後の料理もいらない。今日はこれで終わりだ。片付けたら出て行ってくれ」

「かしこまりました」

久納は膝に置いていたナプキンで口元を拭《ぬぐ》うと、テーブルの上に放る。

いつもマナーについてうるさく言うくせに、自分だって行儀が悪いではないか。真琴は心の中で毒づく。

真琴はすぐに席を立ちたかったが、久納より先に退席するのははばかられる。

仕方なしに食器を下げるウェイターの様子を見るとはなしに眺めていると、しばらくして真正面から強い視線を感じた。久納が眉間《みけん》に皺《しわ》を寄せ、こちらを睨《にら》むように見つめている。

真琴と目が合うと、久納は何度目かわからないため息を零した。

「前は違ったのにな。お前がこんな腑抜《ふぬ》けになっていると知っていたら、わざわざ依頼しなかったものを」

「……急になんですか」

『腑抜け』という言葉に過剰に反応してしまう。

この三年間、大切な人の人生を奪ったあの時の真相を知るため、必死に情報を集めてきた。けれどここ最近は新たな情報も得られず行き詰まっていた。

時に無力な自分が情けなくなり、胸に渦巻《うずま》く憤《いきどお》りをどこに向ければいいのかわからなくなる時もある。

それでも諦《あきら》めずに追い続けてきたのだ。

どんな気持ちでここにいるのか知らないくせに、そんなレッテルを貼られたくない。

「何も知らないくせに、わかったようなことを言わないでください」

久納の淡褐色の瞳を睨み返す。この数日間の鬱憤《うっぷん》もあり、一度箍《たが》が外れると止まらなくなった。

「あなたが持っている情報を、僕がどれだけ知りたいかわかりますか？　それなのに、あなたは面白がっている。情報がほしくて必死になる僕を困らせることが、そんなに楽しいですかっ？」

真琴は興奮して無意識のうちに立ち上がっていた。テーブルに手を突き、前のめりで久納を責め立てる。けれど憎らしいことに、久納は眉一つ動かさない。先ほどと同じく、眉間に皺を寄せたまま、むっつりと口を引き結んでいた。

「なんとか言ったらどうなんですか！」

苛立ちがピークに達し、大きな声で怒鳴っていた。不穏《ふおん》な空気に、片付けをしていたウェイターが食器を放り出し、駆け寄ってくる。

「上杉様、落ち着いてください」

「あなたには関係ありません。黙っててください」

怒りのため、ウェイターにも強い口調で当たってしまう。

今ここで引くわけにはいかない。ここで引いてしまったら、これまでと同じだ。何も進展しない。

真琴が久納を睨み続けていると、彼はフンと鼻を鳴らし背もたれにもたれかかった。

「ここがホテルの一室じゃなくてレストランだったら、最悪だな。公共の場で喚《わめ》かれたら恥ずかしくてしょうがない」

「今はそんなこと、どうでもいいでしょう！」

久納の飄々《ひょうひょう》とした口調に頭に血が上る。

的外れなことを持ち出した上に、まだマナーがどうとか言って説教するつもりなのか。

そう思ったら腹が立って仕方なかった。

「片付けは明日でいい。下がれ」

久納は真琴を止めているウェイターに向かってそう言った。この状況で退室することははばかられるのか、彼は「ですが……」と迷う素振りを見せる。

「これは命令だ。彼と二人きりで話がしたい。下がるんだ」

ウェイターは久納にはっきりと言い渡され、真琴に「短気は起こされませんよう、お願いいたします」と最後に耳打ちして部屋を出て行った。

しばし間を置いたことで、真琴は徐々に冷静さを取り戻していく。しかし、謝罪するつもりはさらさらなかった。

「さて、ゆっくり話をしようじゃないか。まあ座れ」

ちゃんと話をするつもりらしいことを悟り、真琴は素直に従う。イスに腰掛けたのを確認し、久納は先ほどの真琴の質問の答えを口にした。

「私の持っている情報がほしいというのはわかった。だが、それがなんだ。なぜお前の都合で私が動かなくてはならない？　自分の事情をこちらに押しつけるな」

「…………っ」

久納が口にしたもっともな言葉に、真琴は何も言い返せなかった。

「わかったら、もっと真剣に仕事に……」

その時、部屋に備え付けられている電話が鳴り出した。面倒くさそうな顔をしながらも、久納が受話器を持ち上げる。短い受け答えの後すぐにリビングの扉が開き、大月が慌てた様子で顔を出した。

「お食事中失礼します。忘れ物をしてしまって」

大月はそう言いながら、真琴と久納を交互に見やる。その顔は硬く強《こわ》ばっているように見えた。

「どうした、さっさと忘れ物とやらを探せ」

動きを止めていた大月は、久納に言われて仕事で使っているテーブルの周辺を探し始める。

「手伝います。何を探してるんですか？」

真琴も席を立ち一緒に探す。

「ＵＳＢメモリーです。落としてしまったようで……」

大月の隣で床に膝を突いて辺りを見回していると、小声で話しかけられた。

「大丈夫ですか？」

「何がです？」

「あなたとボスが揉めていると、先ほど連絡があったので」

そこでようやく忘れ物が口実だと気付いた。

改めて見ると、よほど急いで駆けつけたのか、いつも久納にならい皺一つないスーツを着ている大月が、ノーネクタイでジャケットも羽織《はお》っておらず、髪も生乾きの状態でセットもしていなかった。

もしかしたら、連絡を受けた時にシャワーでも浴びていたのかもしれない。

真琴は業務外のことで彼を煩《わずら》わせてしまったことに、申し訳ない気持ちになった。

「すみません。少し口論になったんですけど、もう大丈夫です」

大月が緊張を解く。

「そうですか。では、私はこれで。長居するとボスに怪しまれ……」

「まだ見つからないのか？」

後ろから久納の険のある声が聞こえた。

「見つかりました。お食事を中断してしまい申し訳ありません。私はこれで失礼いたします。ゆっくりお休みください」

大月が一礼して退室した後、話は途中だったが真琴も自室に行こうとした。少し頭を冷やしたかったのだ。

しかし久納とすれ違う瞬間、低い呟きが耳に入り動きを止める。

「女みたいによくしゃべる」

自分に向けられた言葉だと察し振り返ると、久納が不機嫌さを露《あら》わにして立っていた。

「お前は大月相手だとペラペラとよくしゃべるな。何かあると大月に報告して、二人で内緒話ばかり。女のように」

「は？」

何を突然言い出すのだろう。

真琴は不快感も相まって眉を顰《ひそ》めた。

「大月さんは関係ないでしょう」

それだけ言って踵《きびす》を返したが、久納に回り込まれて行く手を阻《はば》まれる。

「どいてください」

「大月、大月と……。口を開けば大月の話ばかりだな」

男の瞳が暗い色を帯びる。苛立ちではなく怒りを感じ、真琴はわけがわからず彼を見上げた。

「……私の持っている情報が知りたいか？」

訝しく思いながらも頷くと、久納が口元にうっすらと笑みを浮かべた。

「なら跪《ひざまず》いて頭を下げろ。私に懇願《こんがん》するんだ」

とんでもない条件を出され、真琴は咄嗟に突っぱねた。

「嫌です」

「なぜだ」

「なぜって……。あなたの言う通りにしても、本当に情報を教えてもらえるかわからないからです」

どう考えても、これは嫌がらせだ。

久納の虫の居所が悪くて、八つ当たりされているだけのように感じた。そんな時に出された条件を鵜呑《うの》みには出来ない。

「私のことが信用出来ない、と？」

「………」

「大月には心を許しているのに、雇い主である私のことは信じられないと言うのか」

低い声で責めるように問いかけられ、たとえ本心ではそう思っていても、容易に肯定することは出来なかった。

「質問に答えるんだ」

久納の剣幕に押されながら、再度同じ答えを口にする。

「……大月さんは関係ありません」

「なぜ大月を庇うんだ！」

久納の目が光り、初めて怒鳴りつけられた。

「……っ」

久納に血流が止まるほど強く腕を握られ、あまりの痛みに呻《うめ》いた。そんなことにはおかまいなしに久納は続ける。

「そんなに大月のことが……」

「放してくださいっ」

真琴はなんとか久納の手を引きはがし、自らも気持ちを落ち着けるため深呼吸を一つした。

「やはり、僕が担当しない方がよかったみたいですね」

「何を言い出すんだ。今はそんな話をしているんじゃないだろう」

「ですが、全ての原因は僕です。僕があなたを苛立たせている。それなら別のスタッフに変わった方が、久納さんのご希望にも添えると思います」

久納の表情が固まる。彼をさらに怒らせたかもしれないが、仕方ない。世の中にはどうしても気が合わない人間がいるものだ。それが彼だったというだけ。依頼人との信頼関係を築けないのなら、他のスタッフに代わってもらうしかない。

「今日までの料金は請求しません。僕はこれで失礼しますが、明日には代わりの者を寄越します。おそらく、最初に所長が推《お》していた吾妻になると思います。彼は社交的で僕より優秀ですので、ご安心ください」

真琴は言い終わるやいなや久納に目もくれず、あてがわれているツインルームに向かう。

「待て」

ところが扉に手をかけたところで久納に肩を摑まれた。無視して中に入ろうとすると強引に身体を反転させられ、扉に強く押しつけられてしまう。

「痛っ」

背中を強《したた》かに打ち付け、真琴は顔をしかめる。摑まれている右手首も痛い。反射的に閉じた目を開けると、至近距離に淡褐色の瞳があった。

まるで扉に縫《ぬ》い付けられるような窮屈《きゅうくつ》な体勢に、真琴は逃れたくて久納の身体を押し返そうともがく。しかしがっしりとした身体つきの男は、真琴が左手一本で押し返そうとしてもびくともしない。

抗《あらが》えば抗うほど扉に押しつけられている右手首が締め付けられ、久納の顔も険しさを増す。

ただならぬ気配を察し、真琴の背筋に冷や汗が浮かんだ。

「は、離してくださいっ」

「この手を離せば、出て行くのだろう？」

「僕では力不足のようなので、代わりの者を寄越すと言ってるんです」

「逃げ出す気か」

「逃げ出すって……」

わけがわからない。

彼は自分のことを嫌っているのではないのか？

疎《うと》まれていると思ったから、他の者と交代しようとしているのに、これではまるで引き止められているように感じる。

真琴は久納の意図がわからず混乱した。

「また私の前から消えるつもりか」

「それは、どういう……」

話している途中で、久納の右手が顎に添えられ、動きを封じられる。何をされるのかわからず久納の行動を窺っていると、怖いくらい整った顔が近づいてきて唇が柔らかいもので塞がれた。

「んっ……！」

唇を食《は》まれ、角度を変えて絶え間なく口づけられる。

何が起きたのかわからなかった。キスされていると理解した瞬間、全身に鳥肌が立つ。頭で考えるより先に身体が動き、覆いかぶさる男を引きはがそうと力一杯もがく。

「やめてくださいっ」

体格的に優れていても、さすがに全力で暴れる成人男性を押さえ込むことは困難だったのか、久納の拘束が緩んだ。それを見逃さず、真琴は久納を押しのけ逃げ出そうと動く。

「わっ」

ところが、久納の横をすり抜けようとした直後、世界がぐるりと回転した。

次に背中に鈍い衝撃が走り、何事かと目を瞬《しばた》かせているわずかなうちに、久納に再び押さえ込まれた。

もう一度逃れようと身を捩《よじ》るが、今度は先ほどとは比べものにならないくらいの力で押さえ込まれ、身動《みじろ》ぎ一つ出来なかった。

ここでようやく真琴は、絨毯の上に仰向けに倒されていることに気がついた。

咄嗟のことで受け身が取れなかったが、無防備に倒れたわりに痛くない。絨毯敷きだったからというのもあるが、久納は最後まで真琴の身体から手を離さず、衝撃を最小限にしてくれたようだ。

だが、それを感謝する気は全く起こらない。真琴の両手両足の自由を自らの四肢を使い、封じ込めている男を睨みつける。

おそらく、自分の言動が彼の逆鱗に触れたのだろう。

だが、それはお互い様だ。

だから自分のことが気に入らないのなら別の者に代わると申し出た。お互い願ったり叶《かな》ったりではないか。いったい何が不満だというのだ。

真琴からすれば、あの船での情報が得られないのは痛い。だが、なかなか情報を教えようとしない久納の態度を見て、最近は自分の欲しているような情報を持っていないかもしれないと疑い始めていた。

情報はまた探せばいい。

有力かどうかわからない不確かな情報にすがって、久納の言うことを大人しく聞き続けるよりは、そちらの方がはるかにマシに思えた。それほどまでに、真琴はこの閉鎖された空間での久納との生活に疲れてきていたのだ。

「どいてください」

「断る」

いつも飄々としている久納は真顔だった。苛立ちも怒りも浮かんでいない。何を考えているのかわからない無の表情。

ゾッと背筋が寒くなった。

久納の淡褐色の瞳は光の加減なのか、緑がかった不思議な色合いに変わっていた。それがまた真琴の恐怖心を煽《あお》る。

久納は真琴の両手首を頭上で交差させ、左手でまとめて持つと、動けないようにその上から体重をかけてきた。そして空いた方の手で服の上から上半身をなぞり始める。

「何をするんですかっ」

真琴の質問にも、久納は無言だった。

テーブルマナーの講義も兼ねていたため、ディナーの時は久納が用意したスーツを着用することになっている。今真琴が着ているのはダブルのストライプスーツで、シャツのボタンも一番上まで留め、ネクタイもきっちり結んである。

久納はまずジャケットのボタンを片手で器用に外していき、次にネクタイを解く。そしてそのネクタイで真琴の両手をまとめて縛り上げた。

次にシャツの上から身体に触れ、脇腹を上から下に撫《な》で始める。腹の辺りをまさぐり、やがて胸の上を何度も往復する。久納の大きな手の平は右の胸の辺りを何かを探すように彷徨《さまよ》い、やがて見つけた突起を指先で軽く潰すようにして擦《こす》ってきた。

「ひっ」

身体が跳ねる。

頭の中で警鐘《けいしょう》が鳴った。

逃げなくては、と思うのに、驚きのあまり身体は石のように固く重くなり思うように動かない。

久納は真琴の反応をどう取ったのか、執拗《しつよう》に胸の突起をいじってきた。彼の指が強弱をつけてそこを捻《ひね》るように摘《つ》まむたび、真琴の身体は痙攣《けいれん》したように震える。

「敏感なんだな」

久納がボソリと呟いた。

その声が真琴の耳にしっかり届き、カッと顔が熱くなる。違う、と言いたいのに、乾いた喉からは空気が漏れるだけで、声が出てこない。

久納は真琴のシャツの前をはだけさせると、素肌に直接指を這《は》わせてきた。温かい感触。男の手で上半身を余すところなく撫でられ、鳥肌が立つ。

そんなことにおかまいなしに、久納は身をかがめると真琴の胸に顔を埋めた。しばらくして、生温かく濡れたものが突起をついばむ。指ではなく舌で舐《な》められ、吸われ、時に戯《たわむ》れのように軽く歯を立てられ、真琴はついに我慢出来なくなり腹の底から悲鳴のような叫び声を上げた。

「や、やめてくださ……っ」

精一杯大きな声で叫んだつもりなのに、実際に出たのは震えた小さな声だった。それでも密着した男には十分聞こえたはずだ。しかし、久納は真琴の必死の叫びを無視して、突起に吸い付いたまま離れない。

「いやだっ」

真琴はなんとか絞《しぼ》り出した声で、弱々しいながらも力の限り抵抗を始める。唯一自由になる足をばたつかせて、久納を振り落とそうと身を捩った。けれど、屈強な男には全くこたえていない。

それでも諦めずに暴れていると、ようやく久納が胸元から顔を上げた。しかしそれは真琴の抵抗に屈したのではなく、次の段階に進むためだった。

久納は真琴のスラックスのベルトを抜き取り、ファスナーを下ろして前をくつろげる。そして躊躇いなく下着の下に手を潜《もぐ》り込ませてきた。

「やっ……！」

なんとか阻止《そし》しようと足を振り上げるが、上に乗っている男に当たることはなく、久納は悠々と下着の中で手を蠢《うごめ》かせた。

「う……っ」

久納の手がついに中心に触れる。前を開ける時にすでに知られていただろうが、直接触れられて言い逃れが出来なくなってしまった。反応し始めていることを知られ、真琴は絶望感に包まれる。

「嫌だと言いながら、ここはどうしてこんなに固くなってるんだ？」

久納の顔を見たくなくて、真琴は顔を背《そむ》け、さらに固く目を瞑《つむ》る。口も引き結び、拒絶を態度で示した。

けれど久納がそんなことを許すはずがなく、そそり立つ中心を軽く上下に擦りながら、耳元で囁くように尋ねてきた。

「嘘はよくないな。いつから我慢していたんだ？　胸を触った時からか？　それとも、キスした時からか？」

真琴は頭を左右に振って否定する。頑として口を開かない真琴に焦《じ》れたのか、久納が顎を摑み、真正面から覗き込んできた。

「もっとよく顔を見せろ」

厳しさではなく、甘さを含んだ声。しかし、真琴にとってはいつものきつい口調で嫌味を言われるよりも、心を凍《い》てつかせるほど恐ろしい悪魔の声に聞こえた。

久納は真琴の目を真っ直ぐ見つめたまま、手の動きを速める。

「あぁ……っ」

反応を確かめるように、緩急《かんきゅう》をつけて中心をしごかれた。その焦れったいくらいの刺激に、真琴は全身を震わせる。

「うっ、あ、……っ」

堪《こら》えきれずに吐息《といき》のようなか細い声を零す。そんな自分が許せなくて、血が滲《にじ》むほど唇を噛《か》み締めた。

——嫌だ。

その言葉に偽《いつわ》りはない。

触られるのも耐えがたかった。

しかし、頭で、心で拒絶していても、彼の手で眠っていた熱が呼び起こされる。

甘美な声で囁かれ、全身を撫でさすられ、その舌でなぶられてもたらされるもの。それは紛《まぎ》れもない快感だった。

疎ましく思っていた男に押さえつけられ、強引に与えられる快楽。

嫌悪感で吐きそうになる。

快楽に弱い自分の身体が恥ずかしい。

久納は真琴の腰を押さえつけ、右手を絶え間なく動かしている。いつの間にかスラックスも下着も抜き取られていた。

男に手淫《しゅいん》されるなど、屈辱《くつじょく》以外の何物でもない。

真琴は久納に気付かれぬように、ネクタイを巻かれた両手を擦り合わせ、なんとか解こうと躍起《やっき》になった。

「何をしてるんだ」

「痛っ」

しかし、あと少しで解けそうというところで、久納に見つかってしまった。

根元に添えられた右手が、罰を与えるように強く握られる。急所を取られ、無意識に身体が竦《すく》んだ。

「お前はまだわかっていないようだな」

その言葉と共に、久納の手によって膝を大きく割られ、その間に男が座った。そして先ほどよりも強く速く手を動かされる。

「あっ、んぅ」

中心をしごかれ、もう片方の手で双球を揉みしだかれる。

「やめ……っ、あっ、あぁっ」

口からは拒絶なのか嬌声《きょうせい》なのか判別できない高い声が上がり、恥ずかしくてたまらない。けれど今は口を押さえるよりも久納の手を引きはがす方を優先した。しかし中心にもたらされる刺激が強すぎて、久納の手を押し返す腕に思うように力が入らない。それでも必死で抵抗していると、緩んでいたネクタイが解けた。

「ひぃっ、あっ……っ」

自由になった手で久納の腕に爪を立てる。

だんだんと自分がどうしたいのかわからなくなってきた。

やめてほしいのか、それとも……。

真琴は全身を強ばらせ、懸命に耐えた。久納の攻撃の手は止むことなく、ついに真琴は限界を迎えてしまう。

「ふっ……、あっ、は……っ」

心臓が内側から胸を叩《たた》き、息が弾む。苦しくて生理的な涙が目尻《めじり》から伝い落ちる。

久納に間近で己の痴態《ちたい》を余すところなく見られ、真琴は全身を戦慄《わなな》かせた。

「やぁ、あ、あぁぁ――――っ」

頭が真っ白になり、何も考えられない。

真琴は全身を痙攣させながら背筋を反らす。

開いた口からは長い嬌声が上がった。

「あ……、あっ」

久納の腰を挟んだ太ももが、ガクガクと震える。

久しぶりに人の手で溜まっていた熱を解放され、強い快感に意識が飛びそうになった。

真琴は全てを久納の手の中に放ち終わると、ぐったりとその身を絨毯の上に横たえる。

酸素を得ようと胸を大きく喘《あえ》がせ、力を使い果たした身体はもう指一本動かすことも出来そうにない。

真琴にはもう、自分が何をされてどうなったのか、考える力すらもなくなっていた。


重い瞼《まぶた》を無理矢理押し上げると、瞳に映ったのは間接照明に照らされたオフホワイトの天井だった。自分がどこにいるのか一瞬わからず、視線を巡らせる。

寝ているベッドの横に、もう一つ同じ若草色のシーツをかけられたセミダブルベッドが一つ、その向こうにはウォークインクローゼットへと繋がるドアがあり、その反対側には壁際に小さなテーブルと木製のイスが二脚置かれている。

——ああ、そうだった。

真琴は室内を見回し、ようやくここがどこか認識した。それと同時に、自分の身に起きた最悪な出来事までも思い出してしまう。

わずかに身動ぎするだけで、縛られていた後遺症か身体中の至る所が軋《きし》み悲鳴を上げる。あれが夢でなかったのだと、現実を突きつけられているようだった。

重い身体を引きずるようにしてベッドを降り、クローゼットからバッグを取り出す。中には着替えが三着ほどと、仕事道具がいくつか入れてある。真琴は着ているパジャマを脱ぎ、着古したシャツとパンツに着替えた。

そしてわずかな私物をバッグに詰め込み、扉まですり足で歩いて行く。

部屋に置かれている時計は五時過ぎを示していた。さすがにこんな時間に誰もリビングにはいないらしく、扉の向こうからはなんの物音もしない。

それでも真琴は用心し、息を潜めて静かに扉を開けた。物音を立てぬよう、ゆっくりとリビングを横断する。

——もう限界だ。

もともと担当からは外してもらうつもりだったところに、昨夜の出来事。あんなことをされて、ここに残るいわれはない。久納とも二度と顔を合わせたくなかった。

——会ったら何を言われるか……。

あの底意地の悪い男は、きっと昨夜のことを持ち出し真琴を嗤うだろう。口では嫌がっていても快楽に溺《おぼ》れ、男に組み敷かれながらも絶頂を迎えたことを。容易に想像がつくから、不本意ではあるが久納に気付かれる前に逃げ出すことにした。

久納の持っている情報は気になる。けれどこのまま彼の傍にいたくない。真琴は独自に久納を調べ、彼の持っている情報に繋がる手掛かりを探る道を選んだ。

真琴はゆっくりと一歩一歩確かめながら、リビングとラウンジを仕切る扉へと向かっていく。

『どういうことだ』

それはちょうど久納が私室に使っている主寝室の前を通り過ぎる時に聞こえてきた。

苛立ったような怒りを滲ませた声。一瞬、出て行こうとしているところを見つかったのかと思い、驚いて軽く飛び上がってしまった。しかしすぐに自分に向けられた言葉ではないと気付く。

どうやら久納が電話か何かで話をしているらしい。よく見ると、主寝室の扉がわずかに開いていた。そこから声が漏れてきているようだった。聞こえてきたのは日本語ではない。

――イタリア語か？

真琴は久納が電話している間に行き過ぎようとしたが、途切れ途切れに聞こえてくる言葉の中に物《ぶっ》騒《そう》な単語が含まれていることに気付き、思わず足を止めてしまう。

『違う、…………から、銃を……、……確認しろ』

――銃？

聞き間違いだろうか。

真琴は扉に歩み寄る。見つかってしまう危険はあったが、それよりも会話の内容が気になって仕方なかった。開いた扉からそっと窺うと、間接照明が灯《とも》された室内に久納が電話を片手にこちらに背を向ける形で立っていた。

『だから、そうじゃない！ …………銃弾も……、どうして……』

電話相手を怒鳴り、部屋の中を行ったり来たりする。常にセットされている髪は無造作に額に垂れ、それを鬱陶《うっとう》しそうにかき上げる横顔は真琴の知らない男のものだった。目に剣呑《けんのん》な光を湛え、ガウンを羽織ったラフな格好をしているにもかかわらず、久納の纏う空気はピンと張り詰めている。

――間違いない。

真琴は再び久納が口にした単語を聞き、息を詰めた。

久納は先ほどから会話の端々に、銃器に関係する単語を出している。

――まさか……。

真琴の脳裏に、三年前のことが思い出される。

――この男が何か関係しているのか？

たまたま会話に出てきた単語だけで結びつけることは出来ない。けれど、久納はなんと言って自分をここに呼んだ？　彼はあの豪華客船での真琴の偽名を知っていた。それはあの船の乗客だったのではなく、あの忌《い》まわしい現場にいたからではないのか。

久納に対する疑念が湧き上がってきた。

真琴はもっとよく聞こうと扉ににじり寄り耳を澄ませ、男が怪しい動きをしないか動向をつぶさに追う。

『何度言ったらわかるんだ！』

久納が電話口で怒鳴りながらこちらに顔を向けた。

その刹那《せつな》、目の前の景色が歪み始める。

瞬《まばた》きすると、先ほどまでガウン姿だった久納がなぜかタキシードを着ていた。髪型もオールバックにセットされている。

真琴の記憶が一気に逆流を始めた。

このホテルに案内された時。久納が探偵事務所に依頼に来た時。刑事を辞職した時。上司や同僚たち……。

そして、三年前のあの豪華客船で起こった事件。

「……っ！」

心臓が一瞬止まったかのような錯覚に陥った後、鼓動《こどう》が速まる。

額、手、背中……、身体中の毛穴から、暑くもないのに汗が滲み出す。

なんの前触れもなく一番辛い過去を鮮明に思い出してしまい、真琴はその場に呆然《ぼうぜん》と立ち尽くした。


――三年前。

真琴は幼い頃からの夢を叶えて、国際捜査課の刑事をしていた。

そして五年目を迎えたある日、外国船で違法な銃器売買が行われるという情報が入り、数人の仲間と共に捜査に当たることになった。それがイタリアのクルーズ会社が所有し運営する豪華客船・エヴェリーナ号だった。

けれど真琴たちがボーイとして潜入捜査を始めてしばらくしても、何もないまま時間だけが過ぎていった。

次第に皆が、もしかしたらガセネタを掴まされたのかも……と思い始めた頃、それは起こったのだ。真琴がカジノで接客をしていた時、スロットマシンの賑やかな音に紛れて男の声が聞こえた。潜めた声に刑事の直感が働き、真琴はさりげなくスロット台に身を寄せ会話に聞き耳を立てた。

周りの喧噪《けんそう》に半分かき消されながらも聞こえてきた会話。それは日本語でも英語でもなく、イタリア語のようだった。仕事上、数カ国語を話せる真琴は、イタリア語も完璧とまではいかないが、それなりに理解出来た。

漏れ聞こえてくる単語と単語を繋ぎ合わせた結果、彼らが真琴たちが追っていた銃器密輸グループの関係者だということがわかった。

今夜日付が変わる頃、貨物室で取引が行われるという旨《むね》を盗み聞き、真琴はすぐさまバーで勤務している仲間の元へと向かった。突然呼び止められ、先輩は訝しそうな顔をしていたが、そんな彼を人《ひと》気《け》のない部屋の隅に引っ張っていき、興奮気味に先ほど耳にした話を伝える。

話を聞き終わると、彼はいつものように至極《しごく》冷静に諭《さと》してきた。他の仲間たちと相談し本部に連絡をして指示を仰ぐから、それまで勝手に動くなと釘《くぎ》を刺された。

すぐに行動に移せないことに、真琴がやや不満な顔をすると、彼は困ったように笑いこう言ったのだ。

「君が心配なんだよ」と。

それでも真琴が不満を口にしようとしたら、「一緒に犯人を検挙して、無事に船を降りたいんだ」と続けられた。その言葉に真琴もようやく頷き、彼とはそこで別れた。

これから行く先で何が起こるのか知らないまま、真琴も自分の仕事を果たすため動いたのだった。


「上杉さん、聞いてますか？」

「え？」

真琴は慌てて声のした方に顔を向ける。

ここはホテルのペントハウス。勉強に使う本を広げたダイニングテーブルの向こう側で、優しげな風貌の大月が怪訝《けげん》な顔をしている。

「どこかお加減でも悪いですか？　最近、あまり集中出来ていないようですが……」

「すみません、ちょっとぼうっとしてました」

「久納からも無理はさせないように言われてますから、遠慮せずに言ってくださいね」

真琴は心配する大月を安心させるため笑みを返した。しかしそれが逆効果だったようで、ぎこちない笑顔は彼を余計不安にさせたようだ。

一度は出て行こうとしたが、久納が電話で口にしていた言葉が気にかかり、真琴は結局ここに留まることにした。久納が三年前の豪華客船であった事件について何か情報を持っていそうだとは思っていたが、あの朝立ち聞きした言葉から、事件そのものに関与している疑いも出てきたからだ。すぐに本人に問いただしたい気持ちはあったが、後ろ暗いことをしているのなら正直には答えてくれないだろう。

真琴にとって一番優先するべきことは、あの豪華客船での事件の犯人を捜し出すこと。そして彼らにきちんと法の裁きを受けさせる。そのために刑事を辞め、一人で捜査を続けてきたのだ。

久納に対する疑惑が深まった今、その目的に比べれば彼にされたことなど瑣末《さまつ》なこと。気にすることはないのだと自分に言い聞かせ、真琴は翌日から素知らぬ顔でそれまでと同じ生活を始めた。

朝起きて食事を摂り、大月の講義を受ける。昼食の後は午後いっぱい勉強し、夜になったら久納からディナーを食べながらのマナー講座を受ける。それが終わるとようやく解放され、わずかな自由時間の後に就寝。

黙々と言われたことをこなした。

大月は、久納と真琴の間に何があったのか、全く気付いていないようだった。そもそも、女性に不自由しないであろう久納が男に手を出すだなんてこと、誰も想像出来ないだろうが……。

真琴は平静を装って生活していたが、それが出来たのは久納があの夜のことを持ち出すことがなく、態度を全く変えなかったからというのも大きい。

久納は以前と同じく嫌味な男のままだった。真琴と会ってもいたわりの言葉もかけてこないし、相変わらずマナーを指導する時は容赦《ようしゃ》なく、横柄で辛辣《しんらつ》だった。腹が立つこともあるが、変にあのことを持ち出されるよりはずっとマシだ。

きっと久納にとってもたいした出来事ではなかったのかもしれない。または、男に手を出したことなど、忘れたいくらいの醜態《しゅうたい》なのかもしれなかった。

いずれにしても、久納の態度が変わらないというのは真琴にとって好都合だった。

しかし、以前と変わったこともある。

前は久納から情報を聞き出すため、彼と出会った時のことを思い出そうとしていたが、今は久納の身辺を積極的に探っている。田代とも以前より連絡を取り合うようにした。

久納は仕事のため一日の大半を隣のラウンジで過ごしているし、そこへ出入りすることは真琴に許されていない。おまけに夜の間はラウンジへ続くドアにはカギがかけられている。

けれど真琴は曲がりなりにも探偵を生業《なりわい》としているため、様々な事態に柔軟に対応出来るよう、教育も受けていた。真琴は持ってきた特殊な道具でカギを開け、ラウンジへ侵入した。

しかし久納がデスクとして使っているアンティークのテーブル周辺を重点的に探っても、書類一枚見つからない。用心して主寝室に持ち帰っているのかもしれなかった。ラウンジにあるのは、一台のノートパソコンだけ。それも厳重にロックがかかっており、中を確かめることは出来なかった。

下手に触って証拠が残ることを恐れ、真琴は一旦パソコンは断念し、テーブルの裏側に盗聴器を仕掛けた。見つかったら大事《おおごと》になるだろうが、今そのリスクを考えて後手《ごて》に回るのは得策《とくさく》ではない。

出来れば久納が使っている主寝室も調べたいが、昼間は大月の目があり夜は久納本人がいるため隙がない。こちらはさすがに中に入ることすら出来そうもなかったので諦めた。

真琴は盗聴器を仕掛けた翌日から、毎晩一人になると部屋で録音された内容を確かめた。

久納は時々、大月以外の部下もラウンジに入れて仕事の話をしていたが、一方的に決定事項を告げ指示するだけで詳しい仕事内容もわからない。今のところ録れているのは仕事の会話だけで、不審な点はなかった。

真琴は新たな手掛かりを掴むため、ひっそりと行動しながらも人前では怪しまれないように振る舞っていた。

そして数日が過ぎたある日の夕食の席で、久納がふと思い出したように告げてきたのだ。

「金曜にパーティがある。お前にも同行してもらう予定だから、そのつもりでいろ」

真琴は久納を探ることばかりに気を取られていて、自分の本来の仕事を忘れかけていた。パーティの話をされて、今回の依頼がどういったものだったか思い出す。

パーティという慣れない華やかな場所へ行くことにあまり気は進まないが、外での久納を見ることで、何か新たな手がかりが見つかるかもしれない。

――あと三日か。

期待とわずかな不安が胸に渦巻く。

「明日の午後、仕立て屋が来る。頼んだスーツのフィッティングをするから、予定を空けておくように」

真琴は無言で頷いた。

ここに来た初日に真琴がされたのは、身体の至る所の採寸だった。一応、クローゼットには上から下まで、それこそ下着や靴下に至るまで着替え一式が用意されていた。ここにいる間はそれらを身に着けるよう言われ、その後、すぐに無口な初老の男性がやってきて採寸されたのだ。なんのために採寸されたのか聞かされなかったが、今ようやくパーティ用のスーツを仕立てるためだったのだと知った。

久納はよくこういうことをする。

説明もなく真琴を振り回すようなことを。初めはそれに慣れず苦労したが、今では彼の傍若無人《ぼうじゃくぶじん》とも言える振る舞いにいちいち反応していたらきりがない、と開き直っていた。

真琴が料理を口に運んでいると、向かい側から視線を感じた。顔を上げると何か言いたそうな久納と目が合う。思ったことは率直に口にする久納には珍しい態度に真琴が戸惑っていると、彼は苦虫《にがむし》を嚙み潰したかのような表情で重い口を開いた。

「……私に何か言うことはないのか？」

「はい？」

「あの日、私がお前にしたことについてだ。なぜそんなに平然としていられるのか、私には……」

「何も言うことはありません」

久納がなんの話をしようとしているのか察し、真琴は語気を強めて言葉を遮った。

「あの日のことは忘れました。だから、あなたも忘れてください」

そう言って強引に話を終わらせた。

——なんのつもりだ。

今さら持ち出すなんて。

これも嫌がらせの一環なのかと疑ってしまう。

結局久納がそれ以上何か言ってくることはなく、その後は実に静かに食事の時間が進んでいった。


真琴は用意されたスーツに袖《そで》を通し、入念に髪をセットする。

今日はパーティ当日。久納のパートナーとして人前に出るのだから、身支度には時間をかけた。

クローゼットにある大きな姿見の前に立ち、全身をチェックする。馬子《まご》にも衣装というが今の自分がまさにそれだな、と鏡に映った己の姿を見て苦笑いしてしまう。

光沢のあるベージュ色のジャケットにスラックス、中のベストはオフホワイトで合わせ、胸元にはネクタイと同系色の淡いピンク色のポケットチーフを差し華やかさを演出している。

それに合わせ、普段は下ろしている髪も横へ流し乱れないよう固めた。こうして髪を上げると、母親譲りの線の細い容貌が露わになり実年齢よりだいぶ若く見えて、真琴はあまりこの顔が好きではない。

真琴が鏡の前で全身をくまなくチェックしていると、扉がノックされ大月に控えめに声をかけられた。

「準備は終わりましたか？」

「あ、はい」

開けた扉の前に立っていた大月は、真琴の姿を見てニコリと笑みを浮かべた。

「よくお似合いです」

「はあ、ありがとうございます」

「ボスも喜びますよ。さあ、見せに行きましょう」

大月に促され、久納の待つリビングへ向かう。

このホテルで一日中過ごしているが、ソファでくつろいでいる久納を見かけたことがない。いつも執務室として使っている隣のラウンジにいて、食事やほんのわずかな休憩時間にはリビング兼ダイニングに顔を出すが、休息とは言えないほどの短い時間だった。

だから、艶を帯びたダークスーツに身を包みゆったりとソファに身を預ける男の姿を見た時は、違和感を覚えずにはいられなかった。

「ボス、上杉さんの着替えが終わりました」

大月に前へと軽く押し出され、久納の眼前に進み出る。久納はまるで値踏みするかのような目つきで上から下まで眺めた後、真琴に向かって手を伸ばし断りもなく髪に触れてきた。

「前髪をもう少し上げろ。その方がすっきり見える」

「……わかりました」

男の手で髪を梳《す》かれ、鳥肌が立つ。努力して記憶を薄れさせているのに、あの夜のことを思い出しそうになって、真琴は久納と距離を取る。視界の端に物言いたげな久納の顔が映ったが、すぐにいつもの憮然とした表情に戻っていた。

大月が用意してくれた手鏡を拝借し、その場で髪を後ろへ流す。髪型を整え、再度久納へ向き直ると再び全身をくまなくチェックされ、不快感で顔が歪みそうになるのを必死で堪えた。今度はお眼鏡にかなったようで、久納は先に立って歩き始める。大月に促され、真琴もその後に続いた。

「いってらっしゃいませ」

ホテルのホールを出たところに総支配人が立っていた。そこへ他のスタッフと大月、久納の部下も加わり、総勢十人で見送られる。なんとも仰々《ぎょうぎょう》しい。

車は真琴がホテルへ来た時に乗ったもので、運転手もあの時の中年の男性だった。

久納が後部座席の左側、真琴が右側に並んで座り、車は静かに目的地を目指して走り出す。しばらくして、そういえば今日これから出席するパーティについて、ほとんど何も教えてもらっていないことに気がついた。

久納は頬杖《ほおづえ》を突き車窓を流れて行く景色を眺めている。今なら声をかけても大丈夫だろうと思い、久しぶりに真琴から話しかけた。

「今日はどんなパーティなんですか？」

突然の問いかけに驚いたのか、久納が目を瞬かせながら真琴に向き直る。久納はたっぷり間を置いてから、淡々と説明した。

「取引先の創立記念パーティだ。いくつも支店を持つ大手のジュエリーショップで、うちで仕入れた宝石を卸《おろ》してる」

「何人くらいいらっしゃるんでしょう？」

「さあな。毎年、都内の一等地にある本店でパーティを開いているそうだから、それなりの人数が集まるはずだ。それに出席するのは仕事の関係者ばかりじゃなく、大口の顧客《こきゃく》や芸能人もいるみたいだ」

珍しく久納が丁寧に説明してくれたが、言われても真琴はいまいちぴんとこなかった。ジュエリーショップでのパーティだなんて、想像しただけで輝かしさに目がくらみそうだ。おそらく訪れる人も着飾った美しい人が多いだろう。そんな場所に、縁もゆかりもない庶民の自分が出席して浮いてしまわないだろうか。

急に黙り込んだ真琴の様子から、何を考えているのか伝わってしまったらしい。久納はいつもの調子で小馬鹿にするように鼻で嗤った。

「何を心配しているんだ。お前は私の連れ、つまりおまけだ。私の隣で微笑んでいればいい。そんな簡単なことも出来ないのか？」

どうしてこの男はこういう物言いしかしないのだろう。本当に人の神経を逆撫《さかな》でする。真琴は強めの口調で「ご心配なく」と返し、視線を窓の外へと向けた。

無神経だが意外にも察しのいい久納は、真琴の態度から言わんとしていることを悟ったようだ。それ以上は何も話しかけてこなかった。

音楽やラジオもかけていないため、車内はとても静かだ。けれど、日頃から久納ととても静かなディナータイムを過ごしているからか、気まずい空気にももう慣れた。真琴は素知らぬ顔で到着するまでの間、久しぶりに見る外の世界に視線を送って過ごした。

やがて車は目的のジュエリーショップの前に横付けされる。

出迎えのために立っていたスタッフが駆け寄ってきて、車のドアを開けた。まず久納が降り、続いて真琴も車から出る。先に行ってしまっていると思ったが、予想に反して久納は車の前で待っていてくれた。

どうしたのだろう、と訝しく思っていると、スッと手を差し出される。久納の意図がわからず動きを止めると、男は小声で「エスコートしてやるから」と告げてきた。そこでようやく自分の役割がどういうものか、本当の意味で理解した。

確かに依頼内容は、『恋人として』パーティに同行する、というものだったが、まさかまるっきり女性扱いされるとは思っていなかったので面食らう。ただ隣を歩くのと、エスコートされるのとではわけが違う。

いつまで経っても動こうとしない真琴に焦れたようで、久納は自ら手を伸ばし真琴の手を取ると左腕を摑むよう誘導してきた。

急に触れられ咄嗟に振り払ってしまう。けれど摑まれた手首には生々しい感触が残り、忘れようと努力しているあの夜のことを反射的に思い出してしまい、真琴は身を強ばらせた。

そんな真琴の反応に久納も驚いたらしく、軽く目を見開いた後、眉間に皺を寄せる。そこでようやく、これも仕事の一環なのだと思い至った。

久納とこんな人目のある場所で腕を組むだなんて心底嫌だったが、真琴は仕方なく腕に手を添える。ジャケットの上からでも久納の腕の逞《たくま》しさが伝わってきて、意識しないようにと思えば思うほど、彼の存在を感じてしまい、緊張が高まり動作がぎこちなくなる。

真琴が腕を取ったのを確認し、久納がゆっくりと歩き出した。普段はもっと大股で颯爽《さっそう》と歩くのに、真琴をエスコートするためか、歩調を合わせて歩いてくれているようだ。

スタッフに案内され、パーティ会場である店内に足を踏み入れる。

「……すごい」

真琴は意識せずに呟いてしまい、久納に咎《とが》めるようにジロリと見下ろされ慌てて口をつぐむ。

通常は宝石の入ったショーケースを並べているであろう店内では、壁際に長テーブルが置かれ、軽食や飲み物が振る舞われていた。

そして会場のあちこちには、大粒のダイヤをあしらったネックレスやティアラなどの高価なアクセサリーが独立したケースに入れられてディスプレイされ、場を煌《きら》びやかに彩《いろど》っている。パーティの招待客は女性が多く、皆色とりどりのドレスと装飾品に身を包みにこやかに談笑していた。

雰囲気に圧倒されている真琴とは対照的に、久納は会場内を迷いなく進んで行く。久納は会場の中で一番人が集まっている場所まで行くと、臆《おく》することなくその輪の中に進み出て中心にいた女性に挨拶をした。

「会長、このたびは創立七十周年、おめでとうございます」

「久納社長。来てくださったのね」

会長と呼ばれた見た目は四十過ぎくらいの女性は、久納を見て笑みを深くした。他の客たちと話していた時とは声色まで違っている。色恋沙汰に鈍感な真琴でも好意を寄せていることがすぐにわかったほど、彼女は露骨《ろこつ》な視線を久納に送っていた。

久納はそんなことも慣れているのか、ホテルにいる時には見たことがないビジネス用であろう完璧な笑顔で女性と対峙している。真琴はどうしたらいいのかわからず、微かに口角を上げ、ただ久納の横に黙って立っていた。

しばらくして女性も真琴の存在に気付いたようだ。久納に向けるものとは全く違う、冷たく射るような視線を送ってきた。

「久納社長、そちらの方は？」

「ご紹介が遅れました。彼は私のパートナーの上杉です」

そう紹介され、真琴は緊張しながら会釈した。

「パートナーというのは、お仕事の、かしら？」

「いいえ、プライベートでのパートナーです」

「あら、あたくしには男性に見えるのだけれど」

言葉に目では見えないトゲがある。にこやかに微笑んでいるように見えるが、彼女の目は決して笑ってはいなかった。久納も気付いていているだろうに、けれど平然と話を進める。

「同性ですが、私の大切な人です」

「そう……」

おっとりとした口調で答えながら、しかしその瞳に仄暗《ほのぐら》い嫉妬《しっと》の炎が灯っている。女の情念をまざまざと見せつけられ、真琴は一言も発することが出来なかった。

久納は挨拶をすませると、軽く会釈しその場を離れた。蛇《へび》のような視線から解放されホッとしたのも束《つか》の間、今度は会場内のすれ違う人々からの視線を感じ、いたたまれなくなる。海外ならいざ知らず、ここは日本で、男同士で腕を組んで歩くということがどれほど注目を集めるか思い知らされた。

久納が長身で秀でた容姿の持ち主な上、男をエスコートしているということで、好奇の視線があらゆるところから痛いほど身に突き刺さる。

真琴はまだ来たばかりだというのに、早くも疲れてしまった。緊張のためか妙に喉も渇いている。あつらえたばかりのシャツの背中には、きっと汗が浮き出ているだろう。

そんな様子に気付いたらしく、久納は人の少ない壁際に真琴を誘導し、テーブルに置かれていた飲み物を取ってきてくれた。真琴が何を気にしているのかもわかっているようで、さりげなく前に立ち人々の視線をシャットアウトしてくれる。

「大丈夫か」

「すみません。でも、大丈夫です」

久納から水の注がれたグラスを受け取り、それに口をつける。レモン果汁が入っているようで、爽やかな後味にやや気分がすっきりした。

「少しこのまま休むといい」

「……ありがとうございます」

慣れない場所で専門外の仕事。人に値踏みされるように見られることに加え、女性客のつけている甘ったるい香水の入り交じった匂《にお》いに当てられてしまったようだ。そんな状態でさらに普段の久納からは想像出来ないような気遣いをされ、嬉《うれ》しいと感じるどころかどうにも居心地が悪くなる。

「あの、僕は大丈夫です。久納さんは仕事関係の方に挨拶に行かないといけないんじゃないですか？　僕はここにいますから、どうぞ行ってきてください」

「は？」

久納が眉間に皺を寄せ、不機嫌な顔で見下ろしてきた。そんな反応をされるとは思っていなかったので驚いてしまう。

この男と連れ立っているのが嫌だと思ったのもあるが、久納の仕事のことを気遣ったつもりだった。それなのに、こんな顔をされてしまうとは予想外だ。

戸惑う真琴に、久納は身をかがめると小声で言ってきた。

「お前を置いて行けと？　私に恥をかかせる気か」

「そんなつもりでは……」

「不愉快だ、もう二度と口にするな」

久納は言い終わるなりグラスに入っていた残りを一気に飲み干した。仕草から苛立ちが伝わってきて、真琴は口をつぐむ。

険しい顔つきの男の横顔を見やり、自分はそれほどおかしいことを言っただろうか、と考える。

久納は時々、予想もしていない場面で急に怒り出す。強い口調で注意されるものだから、真琴も理由を聞くことも出来ず、もやもやとしたものが残ってしまう。

探偵なんて仕事をしていると、一筋縄ではいかない相手に出会うこともままある。それは刑事をしていた時もそうだった。だから、そういった場面での対応には慣れているつもりだったが、久納の考えていることはどうも摑めない。

彼はこれまで出会ったことのないタイプの人間で、未だにどう接したらいいのかわからないでいた。

「久納社長、お連れ様の具合は大丈夫ですか？」

その声に視線を向けると、久納の前に男性が立っていた。ジュエリーショップの社員のようで、久納との会話を聞いた限りでは、今日のパーティの責任者らしい。

「別室でお休みになっていただくことも可能ですが……」

「そうしよう」

「ご案内いたします」

真琴に確認を取らずに久納が答え、別室へと案内されることになった。男性の後をついて行く時も久納の腕を取らされたが、会場を横切る際に向けられる好奇の目の方が気になってしまい、彼と腕を組んでいても先ほどのように緊張する余裕もなくなっていた。

会場を出て通路を行き、奥にある一室へと連れて行かれる。通された室内は中央に低いテーブルが一つと、三人掛けのソファが向かい合わせに二つ。シックな色調でまとめられたこの部屋は、おそらく特別な客が通される応接室なのだろうと推測された。

男性は案内し終わると一礼して退室する。二人きりで部屋に残され、気まずい沈黙が落ちた。だがそう感じているのは真琴だけのようで、久納は我が物顔でソファにふんぞり返ってリラックスしている。

「座れ」

顎で久納の向かいのソファを示される。真琴が言われた通りソファに座ると、観察するように顔を凝視《ぎょうし》された。

「まだ具合が悪いか？」

「少し」

そう答えると、久納は唐突《とうとつ》に立ち上がり部屋を出て行った。一言の説明もなく取り残され、どうしたものかと考えたが、ついてこいとも言われていないし、と解釈してこのままここで休むことにした。

誰もいないのでジャケットを脱ぎ、シャツのボタンを二つ外し首元を緩める。久納の前では気が抜けないため、一人になってようやく緊張が解ける。ソファに身を任せ、目を閉じた。

そのまましばらく休んでいると、ドアが開く音がして慌てて身を起こす。

てっきり久納が戻ってきたのかと思ったが、ドアの前に立っていたのは見知らぬ外国人だった。

『おや？　ここは？』

どうやら部屋を間違えたようだ。

『パーティ会場に向かわれるんですか？』

『ああ、トイレから戻ろうとしたら迷ってしまって』

『会場は、ここを出て真っ直ぐ行けば……』

そこまで説明したところで、室内に足を踏み入れた相手にいきなり手首を摑まれ引っ張られた。

『君、見覚えがある。久納と一緒にいた男だろ？』

『そうですが？』

久納の仕事の関係者だろうか。しかし、酔っているのか、下品な笑いを浮かべながら舐めるように見られていい気分はしない。

『歳は?』

『三十二ですが』

男の意図がわからないままとりあえず質問の答えを口にすると、顔を上げた先で男が嘲笑《ちょうしょう》を浮かべた。

『三十二にもなって、男に媚《こ》びを売って生きてるなんてな。オレには死んでも出来ないよ。惨《みじ》めな人生だ』

初対面の相手から嘲《あざけ》られ、咄嗟に返す言葉が出てこない。怒りよりも驚きが勝り、硬直して立ち尽くす。

呆然と見上げた先で、男は醜《みにく》い顔を歪めて笑っている。

『一回いくらだ? 男に抱かれて楽しいか? いや、もともと男が好きなのかな?』

真琴はそこでようやく自分が男娼《だんしょう》と間違われていることに気付いた。

自分は久納に金で雇われているが、この男が思っているような関係ではない。勘違いで人として軽んじられ蔑《さげす》まれ、真琴は腹立ち紛れに摑まれた腕を乱暴に振り払った。男はその拍子に足をもつれさせ尻餅をつく。

『何をするんだ、危ないじゃないか!』

男はアルコールが回って赤らんだ顔をさらに真っ赤にして怒鳴り、再度真琴を捕まえようと腕を伸ばしてくる。それを躱《かわ》しているうちに、ふと気がつくと壁際に追い込まれていた。しまった、と思った瞬間、両手で肩を摑まれ壁に押しつけられる。

『手こずらせやがって』

男は真琴より縦にも横にも一回り、いや二回りは大きかった。酔って動きが鈍っているとはいえ大柄な相手に力ずくで押さえ込まれ、思うように身動きが取れない。

『久納も悪趣味だな。よりによって男を連れ歩くだなんて。まあ、オレたちと違って、成り上がり者で育ちも下品な男にはお似合いの相手か』

その言葉を聞いた瞬間、真琴は頭で考えるより先に身体が動いていた。

『うっ！』

真琴の肘が顎にヒットし、男が呻き声を上げ蹲《うずくま》る。

その隙に身を翻《ひるがえ》し、身体を丸めて痛がる男を冷たい目で見下ろした。

『僕への侮辱ならどうぞ、いくらでも。ですが、久納の名誉を傷つけることは許しません』

『生意気なことを……！』

「何をしている」

その声に真琴も男も同時に身体を跳ね上げた。

ドアの方向に顔を向けると、そこにはグラスを片手に立つ久納の姿があった。

「私の連れに何をした？」

この場にそぐわないほど、落ち着いた声。その冷静すぎる声音を空恐ろしく感じた。

男は日本語がわからないようだったが、久納の姿を見てさらに興奮し叫び出す。

『お前の男に襲われたんだ！　こんなことして、このままですむと思うなよ！』

久納は男の訴えを無視し、持っていたグラスをテーブルの上に置く。

『おい、聞こえなかったのか！』

男はさらに苛立った声を上げるが、久納はそれも無視して真琴に声をかけてきた。

「何をやってるんだ、お前は」

「……すみません」

『何を話してるんだ！　オレにもわかるように……ぐっ！』

一瞬の間に男の身体が浮き上がり、少し離れた場所にあるソファにぶつかって跳ね返る。

男は久納に顔面を蹴《け》られ、鼻血を流した。

『失せろ』

久納が感情の窺えない声音で告げた。男は顔を押さえながら、何事か早口で喚く。

『そんなに蹴られたいのか？　変わったやつだな』

久納がそう言って歩み寄ろうとすると、男は真っ青になってあたふたと部屋を出て行った。

全てがあっという間の出来事で、頭がついていかない。

久納自身もがっしりとした身体をしているが、あの体格の男性を涼しい顔で蹴り飛ばしたことに、色んな意味で驚きを隠せない。

真琴が呆気《あっけ》に取られ微動だにも出来ずにいると、久納が眉間に皺を刻み見下ろしてきた。

「いつまでそんなみっともない格好をしているつもりだ」

久納の手で服の乱れを直された。ソファに置いてあったジャケットを真琴に着せながら、久納が小さく舌打ちする。

「失敗したな」

渋面を作り、ジャケットを見つめている。その視線を辿《たど》っていくと、ベージュのジャケットの胸元に、小さな赤い染みがついていた。おそらく先ほどの男の鼻血だろう。あの男の痕跡《こんせき》が服に染み付いていると思っただけで気持ち悪くなる。

真琴はすぐさまジャケットを脱いでしまいたかったが、この後久納とパーティ会場に戻らなくてはならない。しかし染みをこのままにもしておけない。一センチ程度の小さなものとはいえ、ベージュの布地についた赤い染みは存外に目立ってしまう。汚れた服のまま人前に出るのはまずいだろう。

どうしたものか、と考えていると、久納が真琴の胸に差してあるポケットチーフを抜き取り、それを丸め形を整えてバラを象《かたど》ったコサージュを作った。

次に久納は自分のシャツの袖を留めているカフスボタンを外し、コサージュの真ん中にそれを差し真琴が着ているジャケットの胸元、血の染みがある場所にそれをつける。

「髪もセットし直さないといけないな」

久納の長い指が真琴の前髪を梳く。

置かれていた鏡の前に立たされ久納の手によって髪を整えられたが、不思議と抵抗はなかった。

久納は全て終えると満足そうに頷く。

「戻れそうか」

「……ええ」

「行くぞ」

頷き返し、久納の左腕に手を添える。上着から覗く久納のシャツの袖口は、カフスボタンをはめていないせいで不自然に開いていた。

久納と暮らし始めて半月が経つが、彼がスーツ以外の格好をしているところをほとんど見たことがない。朝起きてきた時から夜寝室に行くまで、髪型も服装もきちっと整えていた。

そんな身なりに気を遣う男を、パーティという不特定多数の人間の集まる場所で、カフスボタンがないまま人前に出させてしまうことに申し訳ない気持ちが込み上げてくる。

久納は会場へと続くドアの前でふと立ち止まり、真琴に向き直る。

「お前は私のなんだ？」

唐突な質問を投げかけられ、戸惑いつつも「パートナーです」と、ここでの自分の役割を答えた。

「そうだ、パートナーだ。お前が侮辱されるということは、それはつまり私も侮辱されているということだ」

「はあ」

久納が何を言いたいのかわからず気の抜けた返事をしてしまったが、彼はかまわず続けた。

「もっと堂々としていろ。たとえ周りにごちゃごちゃ言われても、にっこり微笑み返してやればいい」

「はい」

ようは念を押しておきたかっただけのようだ。自分の仕事、立場を忘れるな、と。久納に恥をかかせるな、と言いたいのだろう。今回ばかりは彼の言い分はもっともだと思い、真琴も表情を引き締め頷く。

久納がドアを開けると、眩《まばゆ》く騒々しい世界が二人を出迎えた。

「それともう一つ。前言撤回する」

「え？」

「お前は腑抜けじゃない」

人々のざわめきに乗って、落ちた言葉。

真琴が久納を見上げると、彼は何事もなかったような顔をして、前を向いて歩いて行く。

『お前がこんな腑抜けになっていると知っていたら、わざわざ依頼しなかったものを』

真琴の頭に、いつかの夕食後に久納から投げつけられた言葉が浮かんできた。

彼はその発言を今、自ら訂正したのだ。

一瞬、空耳か聞き間違いだったのでは、と疑う。けれど久納の言葉は確かにこの耳に届いていた。彼に少しは認められたような気がして、真琴の頬は喜びで緩んでいった。


パーティに出席してから十日ほど経った。

久納と共に行動していても直接彼の素性に結びつくような情報は得られなかったが、パーティの主催者側から探れば何かわかるかもしれない。その線で調べを進めてもらえるよう、すぐに田代に連絡した。

「いってらっしゃいませ」

大月に見送られ、久納と共に部屋を後にする。

いったいどういう風の吹き回しか、これまではホテルで勉強漬《づ》けの毎日だったのに、パーティを境に久納や大月と一緒に買い物や観劇などのため外出することが多くなっていた。

突然変わった生活スタイルに、何かあるのではないかと勘ぐってしまう。

そして今日も久納について、服を仕立てに車で外出することになった。

もうホテルの部屋のクローゼットには、十分すぎるほど服や靴《くつ》がしまわれている。スーツに関しては、ホテルにいる時は夕食時しか着用しないのだから二、三着もあればこと足りるだろうに、久納は頻繁に買い足す。けれど真琴が金を払っているわけではないし、依頼人のすることに不用意に口を挟めないため、黙って従っていた。それに、最近は仕立て屋をホテルに呼ぶのではなく、店に自ら出向いていることを考えると、もしかしたら仕事関係の付き合いがあるのかもしれない。

真琴は今日も普段着用のシャツとコットンパンツ、それに合う靴まで選ばれ、店を後にした。

自分を着飾ることに楽しみを覚える性質《たち》ではないため、店員に身体を採寸され次から次へと服を持ってこられ、それを試着して久納に見せる、という一連の流れは、真琴に疲労感をもたらす。久納のパートナーとして相応《ふさわ》しい、つまり自分の趣味ではない格好をさせられるのも少し気が重かった。

久納と共に車の後部座席に収まりながら、真琴はひっそりとため息を零す。

現実離れした贅沢《ぜいたく》な生活。

一見楽なようだが、今回の依頼は本来の探偵としての仕事とはかけ離れすぎていて気疲れする。

やはり自分よりももっと適正のある人間がこの依頼を受けた方がよかったように思う。それこそ、吾妻ならもっと上手く立ち回れるはずだ。それを、なぜ自分が指名されたのか……。

やはりそれは、過去に久納と何かしらあったからなのだろうか。

しかし未だにそれが思い出せない。

三年前の豪華客船でのあの出来事が、あまりにも強く記憶に残っていて、あの頃にあった他の記憶がひどく曖昧《あいまい》になっているのも原因だろう。

――上手くいかないな。

この男はいったいどこまで知っているのだろうか。

久納はこうして二人きりでいても、多くを語らない。

自分のことはおろか、真琴にプライベートな質問をすることもなかった。口を開けば嫌味のような注意が飛び出すだけ。

何を考えているのか、本当にわからない。

「次の角を左に曲がってくれ」

真琴が物思いにふけっていると、久納が運転手に指示する声が聞こえてきた。

車は久納の言葉に従い交差点を左折する。てっきりホテルに戻るのだと思っていたが、まだ他に寄るところがあるのだろうか。

真琴が不審に思っている間にも、車は大通りから外れ、路地に入り、また大通りに出て……、と繰り返す。

「そこの門の手前で停《と》めてくれ」

久納は運転手と真琴に待っているように言い残し、トランクから出した大きな紙袋を持って一人で門をくぐって行った。

窓から周囲を見回すが、そこは見知らぬ場所だった。ここがどこなのか見当もつかない。

久納の入って行った建物の周りは柵《さく》で囲まれ、都内だというのにずいぶん広い敷地があるようだった。柵の中の様子は、生《お》い茂る木々で遮られ見ることが出来ない。

真琴は運転手に「少し酔ってしまったので、外の空気を吸わせてください」と言い、車から降りた。久納が一人で行動するのは初めてだ。ついてきてほしくない場所なのだろうか。いったいここで何を……。

柵の上から頭を覗かせる木々に夏の日差しが遮られ、涼しい風が吹き抜けていく。葉が擦れるザワザワとした音や、今が盛りと鳴くセミの声を聞いているとノスタルジーを覚える。真琴はのんびりした気持ちになりそうな自分を叱咤し、気持ちを引き締め柵に沿って歩く。

するとどこからか子供の声が聞こえ、辺りを見回した。どうやらこの柵の中から聞こえてくるようだ。子供の声は一人ではなく、数人分聞こえる。悲鳴や泣き声ではなく、楽しそうな笑い声。ここはいったいどういった場所なのだろう。

しかしその疑問も辿り着いた門の脇、そこにかけられたプレートを見てすぐに解けた。ここは教会に併設された孤児院のようだ。

古びた門から中を覗くと、綺麗《きれい》に手入れされた庭の先にはこれもまた歴史を感じさせる教会が建っていた。

どういった場所かはわかったが、真琴の頭にはますます疑問符が浮かぶ。

仕事の関係とも思えないし、久納は教会にいったいなんの用があるのだろうか。

真琴は一瞬迷ったものの、門をくぐり教会の敷地に足を踏み入れた。久納がどこに行ったのかわからないので、とりあえず声のする方へ行くことにする。そこにいる人に聞けば、この場にそぐわないスーツで身を固めた男のことについて、すぐに答えが返ってきそうな気がしたからだ。

子供たちの声を辿っていくと、広く開けた広場のようなところに着く。

そこで真琴は自分の目を疑うような光景を目にした。

はしゃいだ声を上げる十人ほどの子供たち。その中心に、久納が立っていた。小学校低学年くらいの少年少女たちに囲まれ、ねだられるまま順番に子供たちを抱き上げている。

決して子供から好かれるような雰囲気の男ではない。それなのに子供たちは怖がるどころか、嬉しそうに久納に抱きついている。そして驚くべきことに、久納も纏わりつく子供たちを見て柔らかい表情をしていたのだ。

日頃の久納からは想像もつかない状況に、真琴は言葉を失って立ち尽くした。

「あら、どちら様でしょうか？」

我に返って慌てて振り返ると、そこには黒いシスター服に身を包んだ六十代くらいの小柄な女性が立っていた。

「すみません、人を捜していて勝手に入ってしまいました」

端から見たら物陰から子供たちを覗き見する変質者と思われてしまうかもしれない。焦って弁明する真琴を見つめ、納得してくれたのか女性はにこやかな笑顔で聞いてきた。

「そうですか。それで、お捜しの人は見つかったのかしら？」

「あ、はい。一応」

「一応？」

変な言い方をしてしまった。女性はそれを聞き逃さず重ねて聞いてきた。

真琴はどう説明しようかと考え、女性の身なりからここの関係者だろうし何か知っているかもしれない、と思い、正直に打ち明けてみることにした。

「そこにいる久納さんを追ってきたんです。でも見つけたと思ったら、子供たちと遊んでいて、普段の彼からは想像出来ない姿にびっくりしてしまって……」

女性はそれを聞き、フフッと意味ありげに笑った。

「和士のお友達だったのね。優しくて面倒見がいいから、子供たちにも人気なのよ」

久納の名前を親しそうに呼ぶ女性の目は、子供に囲まれて笑っている久納に向けられている。久納はスーツが汚れるのにもかまわず、子供たちを両手に抱き上げていた。

やはり何度見ても、今目の前にいる男が自分の知っている久納と同一人物とは思えない。恐ろしく違和感があった。

「久納さんはよくこちらにいらっしゃるんですか？」

「お仕事の都合で日本に戻ってきた時は、必ず顔を出してくれるわ。今日も子供たちのためにたくさんのお土産《みやげ》を持ってきてくれて。元気な姿を見るだけで嬉しいのだけれど、寄付までしてもらって、申し訳ないような気もするけれど正直助かってるの」

「寄付を？　失礼ですが、久納さんとこの教会にはどんな繋がりが？」

真琴の言葉に、女性は少々驚いた顔をした。

「ご存じないの？　和士は……」

「車で待っているように言ったはずだが？」

女性の言葉を遮るように、不機嫌そうな男の声がそれにかぶさる。いつの間に近くに来たのか、真琴のすぐ後ろに久納が立っていた。子供たちに向けていた笑顔はすっかり消え去り、真琴を見下ろす瞳は細められ、不快感を露わにしている。

「勝手に動き回るんじゃない」

真琴が何か言う前に、久納に手首を摑まれ引きずられるようにして門に向かって歩かされる。久納は真っ直ぐ車まで戻ると後部座席を開け、真琴の身体を放り込むように中へ押しやり乱暴にドアを閉めた。

窓の外から、先ほどのシスターらしい女性の声が聞こえてきた。そして久納と二言三言話した後、車内の真琴に向かって気遣うような視線を送ってくる。

「ホテルに戻ってくれ」

久納が反対側のドアから乗り込み、運転手に車を出すよう伝える。真琴は肝心なことをまだ聞いていないため後ろ髪を引かれる思いだったが、そんなことを言えるはずもなく、仕方なく車の横に立つ相手に一礼した。彼女は車が見えなくなるまで、ずっとその場所に立ち見送ってくれていたようだった。

沈黙と気まずい空気で満たされている車内。

てっきり久納に注意されるかと思っていたが、予想に反して彼は車窓を眺めているだけで何も言ってこない。真琴の方から思い切って聞いてしまおうかと何度か思ったが、久納は先ほど目にした光景について聞いてはならぬ空気を醸し出していて、切り出せなかった。

――わからない。

これまでの経緯から、久納の印象は悪い。口調も冷たく、薄い唇から紡《つむ》がれる言葉はどれも辛辣だ。そんな男だから、きっと人を傷つけることも悪事を働くこともなんとも思わず、自分さえよければ他人のことなんてどうでもいい、非情で冷たい人間だと思っていたのだ。

しかし、今しがた教会で見た彼は、まるで別人のようだった。皮肉った笑いではなく、あんなに朗《ほが》らかな笑い方が出来る男だということを、初めて知った。

真琴は、むっつりと口を引き結んだままの男の横顔を盗み見る。

――どういう男なのだろう。

これまで見てきた彼とはギャップがありすぎる行動に、久納和士という男のことがますますわからなくなってきた。

もしかして、自分にだけ冷たいのだろうか。

それはつまり、久納に嫌われているということを示す。

改めてそう結論付けると、なぜか激しく動揺してしまった。わかっていたはずなのに、彼に嫌われていると思うと胸が小さく軋む。

なぜこんなに落ち着かない気持ちになるのだろう。

いくら考えてもわからない。

ただどことなく気分が塞ぎ、真琴から言葉を奪っていく。

結局無言のまま、二人はホテルへと戻って行った。


「こんにちは、面会いいですか？」

「どうぞ。回診も終わったところだから、ゆっくりしていってください」

真琴はナースステーションに顔を出し、馴染みの看護師に一声かけてから病室へ向かった。

ここへ来るのは久しぶりだ。毎週必ず面会に訪れていたのだが、久納の依頼に拘束されていたため外出もままならず、一ヶ月ぶりの面会になってしまった。

しかし今日はどうしても見舞いに来たかったので、久納に頼んで一日休みをもらうことが出来た。

真琴はここに来る途中で買った花束を抱え直し、もう何度通ったかわからない廊下を歩く。

「失礼します」

廊下の突き当たりにある四人部屋。

一ヶ月来ない間に、部屋の住人は三人から二人に減ったようだ。真琴は右の奥、窓際のベッドに歩み寄る。向かい側のベッドは誰かが使っている形跡があるが、ちょうど外しているらしく、部屋には他に誰もいなかった。

「先輩、お久しぶりです」

白いベッドに横たわる顔は、とても青白い。

返事がないのにもかまわず、真琴はいつものように丸イスを引き寄せ彼の枕元に座った。

「今ちょっと面倒な依頼を担当してるんです。住み込みだから、なかなか出られなくて。しばらく来られなくて、すみませんでした」

ここに来ると、どうしても気持ちが滅入《めい》ってしまう。ベッドに横たわる痩《や》せた顔を見ると、自分の犯したミスの大きさを痛感し、やり切れない気持ちになる。

だが、この人の前では、極力明るく振る舞っていたかった。優しい人だから、暗い顔をしていたら心配させてしまう。

「今日は、どうしても来なくちゃならないと思って、休みを取ったんです。……今日で丸四年だから」

固く閉じられた瞼はピクリとも動くことはなく、規則的に上下する胸が彼が生きていることを教えてくれる。

「四年も経っちゃいました。それなのに、何も変わってないんです。あの時、僕たちを捕らえた犯人もわかっていない。刑事を辞めてまで犯人を突き止めようとしたのに、何も……」

真琴の呟きにもちろん返答はない。

真琴は布団《ふとん》からはみ出している、棒のように細い腕を中にしまおうとして、触れる寸前で手を止めた。

こうしているとただ眠っているように見える。身体に手を置き揺すれば、今にもその目を開き、「寝ちゃってたよ」と苦笑いして起き上がってくれそうだ。

けれど、彼が目覚めることはない。

どんなに大声で名前を呼び揺さぶっても、彼が目を開けることはないのだ。

わかっているが、触れても無反応なことが辛い。だから真琴は指一本、彼に触れることが出来なかった。

見ているだけなら……、こうして傍に座って話をしているだけなら、深い眠りについているだけだと錯覚することが出来る。

でも触ってしまったら、彼が目覚めないのだという辛い現実を再確認するだけ。

真琴は四年が経っても、その現実を真っ正面から受け止めることが出来ないでいた。

「先輩、ずいぶん白髪《しらが》が増えましたね」

眠ったままでも、歳《とし》を重ねていっている。彼が生きている証拠だから、白髪を見つけると少し救われた気持ちになる。

「髪が伸びたから、少し切ってもらいましょうか。帰りに頼んでおきますよ」

いつも身ぎれいにしていた人だから、だらしない格好は嫌がるだろう。髪を切って、髭《ひげ》を剃《そ》って、いつ目が覚めてもいいようにしておきたい。

「でも、あんまり切りすぎないようにしないと……」

ポツリと無意識に独り言が零れる。

前髪を短く切ってしまっては駄目だ。こめかみの傷が隠せない。

月日は流れ、他に受けた外傷はほとんど痕《あと》も残らず、綺麗に治っている。しかし、こめかみの傷だけは例外だった。今も生々しく傷跡が残っている。それを目にするたび、あの日の光景が頭に蘇《よみがえ》ってしまう。

「……あの時、どうして庇ったんですか」

何百回、何千回、何万回と繰り返した質問。

答えが返ってこないとわかっていても、尋ねずにはいられない。言わずにはいられない言葉。

「違いますね。全ては僕の責任です。あの時、僕が一人であそこへ行かなければ、こんなことにはならなかった」

どんなに忘れたくても、忘れることはない。

思い出しても後悔しか浮かばないというのに、あの光景が脳内で繰り返し再生されるのだった。

真琴が彼と会ったのは、刑事になってすぐの頃。

真琴は正義感が強いがゆえに融通が利かないところがあり、それに加えて若さゆえの無鉄砲さを持っていた。

そんな性格を早々に見抜かれたのか、コンビを組まされたのは六歳年上の先輩刑事、塩野拓哉《しおのたくや》だった。

彼は体育会系の人間が多い組織内においては珍しく穏やかな人間で、常に笑顔を絶やさず、犯罪を犯した相手でも声を荒らげることはなかった。真琴が指示も無視して独断で突っ走り危ない橋を渡りそうになるたび、叱り諭しそして心底心配してくれた、とても優しくいい先輩だった。

コンビを組んでからというもの、塩野と真琴は二人で数々の事件の捜査に加わり、一定の成績を収めていた。下っ端《ぱ》扱いだった真琴も、検挙率を上げることで周りから認めてもらえるようになって、時として強引な捜査方法を褒《ほ》められたこともある。

けれど、塩野だけはいつまで経っても、無茶をしようとする真琴を諫《いさ》めてきた。

だからあの時は少し焦っていたのだ。塩野に認めてほしくて。一人前の刑事だと言ってもらいたくて、先走ってしまった。それがあの事件の引き金になったのだ――。

四年前のあの日。

カジノで銃器の取引に関する密談を耳にし、真琴は喜び勇んで塩野に報告しに行った。

しかし彼はすぐにでも乗り込んでいこうとする真琴に気付き、注意してきた。真琴も塩野の説得を聞き、それを受け入れた。

しかし、それはあくまでポーズだった。

真琴は本部と連絡を取りに部屋に戻る塩野を見送り、持ち場へ戻った……フリをした。実際はカジノには戻らず、そのまま取引場所である貨物室へと向かった。

手柄を立てて塩野に認められたい一心で。若さゆえの行動力で、単独行動を取ってしまった。

腕にはめた時計を確認すると取引までまだだいぶ時間があり、真琴は密輸グループが来るまでに場所の下見をしておこうと思った。ついでに運がよければ件《くだん》の武器そのものも発見でき、銃器密輸グループと取引相手、両方を挙げることが出来るかもしれない。

貨物室には初めて足を踏み入れたが、かなりの広さがあった。船には乗客乗員合わせて三千人を超す人々が寝起きしており、予備の救難用具一つ取ってもかなり場所を取る。そういった物を収納するスペースにもなっているため、広大な貨物室は積み荷でいっぱいになっていた。

正直、こんなに広いとは思っていなかったので、どの辺りで取引が行われるのか見当もつかない。それでも何か場所を特定する物があるのでは、と懐中電灯片手に積み荷につけられたタグや文字をチェックして歩いた。

どのくらい歩き回っただろうか。

あちこち見て回っているうちに、ずいぶん時間が経っていたらしい。

取引の時間まであと十五分という時に、真琴が入ってきたドアとは別の通用口が開く音がして、咄嗟に近くの積み荷の裏に身を隠した。

物陰からそっと様子を窺うと、ドアから入ってきたのは全部で七人。そのうち三人は風貌から日本人のように見えた。四対三に分かれて向かい合って立っている。

カジノやバーも営業を終えたこんな夜更けに、スタッフでさえもここを訪れないだろう。

やがて静まりかえった貨物室に、男の声が響き始めた。カジノで聞いた時とは違い、余計な音がしないこの場所でなら、彼らの会話がしっかりと聞き取れる。やはり密輸した銃器の売買を行うようだった。

真琴は上手い具合にことが進んでいる状況に、興奮を隠せなかった。会話は全て英語で交わされ、しばらくは聞き耳を立てることに集中していたが、証拠を押さえなくてはと思い立ち、会話を録音するために持ってきていたICレコーダーをポケットから取り出そうとした。

しかしうっかりそれを取り落としてしまい、カシャンという音が貨物室内に響き渡る。

『誰だ！』

『そこで何をしてる！』

幸い大量の積み荷のおかげでどこに隠れているのかまでは気付かれていないようだったが、見つかるのも時間の問題だ。

真琴はこの場から一旦離れようとした。けれど踵を返そうとして、はたと動きを止める。

人に見られたと知られたら、警戒してこの航海中にはもう取引をしないだろう。真琴も声は聞いたが、薄暗い貨物室で顔までは判別することが出来なかった。つまり、今逃がしてしまえば彼らを捕まえることは難しい。

塩野にはカジノで耳にした取引場所と時間を伝えてある。時間になれば他の仲間と共に、現場を押さえに来るはずだ。

——どうにかしてそれまで時間を稼がないと……。

自分のせいでこの捜査を台無しにするわけにはいかない。

迷いはなかった。

真琴は身を潜めていた荷物の陰から姿を現した。その距離十五メートル。いっせいに向けられた視線を一つ一つ受け止めながら、真琴は主犯格であろう赤毛の大柄な男を見据える。

『何者だ？』

『ボーイです。グラスを割ってしまって、在庫を取りに来ました』

男は警戒するように周囲に視線を走らせながら、仲間に向かって顎をしゃくる。

『おい、捕まえろ』

『何をするんですかっ』

『大人しくしろ！』

あっという間に真琴は両腕を屈強な男二人に掴まれ、動きを封じられた。振りほどこうとしても、びくともしない。

『おら、座れ』

膝を後ろから蹴られ、赤毛の男の足元に跪かされた。

『痛っ』

『一人か？』

『いったいなんなんですか。離してくださいっ』

『答えろ！』

左のこめかみの辺りに衝撃が走る。拳で殴られ、目の前が一瞬ブラックアウトしそうになった。

『本当にただのボーイか？』

『そうです』

『嘘を言え！』

さすがに簡単に騙《だま》されてはくれない。

その時、突然大きな物音が貨物室に響いた。

真琴も男たちも驚いて動きを止める。

小競《こぜ》り合いをするような声に続き、何かを引きずりながらこちらに近づいてくる複数の靴音が聞こえてきた。

『取引は終わったか？』

真琴の位置からでは現れた人物を見ることは出来なかったが、どうやらまた仲間が増えたらしい。

『いえ、まだ終わってません』

『何か問題でも？』

声色から赤毛の男が受け答えしているようだった。リーダー格の男が敬語で話す相手……つまり、彼のさらに上役ということになる。

『……その男は？』

『侵入者です。取引現場を見られていて』

真琴を押さえている手の力が強くなる。皆、男と対峙し緊張し身を強ばらせているようだ。

『じゃあ、彼の仲間かもな』

おい、という声の後、何か重い物が落とされる音が聞こえた。真琴は二の腕を掴まれ、身体を引き起こされる。

『知り合いか？』

視線の先、スーツ姿の三人の男たちの足元に黒服の男が転がっている。

——まさか……。

蹲っている男は髪を掴まれ、強引に顔を上向かされる。その顔を見た瞬間、真琴の背中に冷たいものが流れた。

「先輩……、どうして……」

思わず日本語で呟いていた。

「やっぱりグルか」

「違う！」

するとそれまで黙っていた塩野が強い口調で否定し始めた。

「彼は関係ない！」

「取引の現場にたまたま部外者が二人、それぞれ別々に来ただけだというのか？　すごい偶然があったものだな」

「それは……」

「見え透いた嘘をつくな」

衝撃を受けている真琴の耳に、二人の会話が違和感なく入ってくる。二人は日本語で話していた。塩野はともかく、相手の男もクセのない綺麗な日本語を話していることから、どうやら日本人のようだ。

話をしている男の顔を確かめたかったが、懐中電灯の明かりを向けられているため、眩《まぶ》しくて見ることが出来ない。

それでもなんとか男の顔を見ようと身を捩っていると、塩野は男に驚くべきことを話し出した。

「……嘘じゃない。本当に知らない男だ。何を勘違いしているのか知らないが、俺は警察の人間だ。捜査のためにここに来た。彼はただの従業員だろう。関係ないんだから、解放してやれ」

「最近、周りを嗅《か》ぎ回っている人間がいると思っていたが、やはり警察が動いてたか」

「彼は何も知らない。解放しろ」

「だが、この男は最初、お前を見た時に『先輩』と言っていたようだが？」

「それは……表向きはボーイとしてここで働いているから、ボーイの仕事場での先輩、という意味だ」

「なるほど」

真琴が聞いていても苦しい言い訳。でもそれを塩野はなんとしても通そうとしていた。真琴を逃がすために。

男は頷いていたようだが、やはり納得したわけではなかった。今度は真琴に質問してきた。

「と、いうことらしいが、本当か？」

「……本当です」

「そうか。なら、お前は解放してやろう」

塩野一人を犠牲《ぎせい》にするようで心苦しかったが、ここは話を合わせるしかない。解放された後、仲間を連れて戻ってくる。それが今出来る最善の策に思えた。

「解放してくれるんですか？」

「ああ、お前はな。その代わり、この男がどうなるかはわからないが。私の部下は乱暴者が多いからな」

「……その人に何を？」

「この男は我々の取引をぶちこわしに来た。私たちからすると許しがたい男。だから罰を与えなくてはいけない。だが君は関係ないのだから、気にすることはないさ」

底意地の悪い言い方に、苛立ちが込み上げてくる。塩野と自分が仲間だと、刑事だとわかっていて、そんなふうに揺さぶりをかけてくる。見捨てられないとわかっていながら、反応を見て楽しんでいるのだ。真琴は、この男は自分たちを解放する気などさらさらないことを悟った。

「おい、取引はどうするんだ」

真琴がどうすることも出来ない現状に歯嚙みしていると、それまで黙って様子を見ていた恰幅《かっぷく》のいい男が日本語で口を挟んできた。

「ああ、すみません」

にこやかな声でそう言い、赤毛の男に顎をしゃくる。

「こちらです、確認を」

真琴と塩野が見ている目の前で、赤毛の男が近くにあった箱を開ける。その中の一つを相手の男が手に取る。中から取り出したのは、手の平より一回り大きい拳銃だった。

——やはり、彼らが追っていた連中か。

目の前で取引が行われているのに、どうすることも出来ない。彼らを捕らえることも何も。きっとあの銃は、この後日本に持ち込まれるはずだ。ただ見ていることしか出来ないことが、悔しくてたまらない。

「確かに。おい、金を」

相手の男は満足そうに笑うと、部下が持っていたアタッシュケースを赤毛の男に渡す。ここからでは何が入っているのか見ることは出来なかったが、ぎっしりと金が詰まっていることは容易に予想出来た。

「これで今回の取引は終了です。またご入り用の際にはお声をかけてください」

「ああ。……ところで、その男たちはどうするんだ？」

「彼らですか？」

「面倒はごめんだからな」

蛇蝎《だかつ》を見るような目で見下ろされる。この場では法の下に動く自分たちこそ忌み嫌われる存在らしい。

「ご心配なく。こちらできちんと処理しておきますから」

さらりとそんなことを言う男のことが、心底空恐ろしくなった。

取引相手の男たちは銃の入った箱を携え、貨物室から出て行く。赤毛の男たち四人と後から来た三人、それに真琴と塩野が残された。

『ご苦労。私は部屋に戻るから、後は任せたぞ』

『こいつらはどうしたら？』

『始末しろ』

そう伝え男は踵を返す。その背中を塩野が慌てて呼び止めた。

「待て！　彼は解放するんだろ？」

暗がりでよく見えなかったが、鼻で嗤う気配が伝わってきた。

「気が変わったんだ。悪いな」

塩野は絶句し、その顔が見る見るうちに青ざめていった。

「……大丈夫だ」

しかし、すぐに落ち着きを取り戻した塩野は、男たちに拘束されながらもいつものように穏やかな微笑みを浮かべる。

「連絡を入れてある。すぐに仲間が来る」

だからそれまで頑張れ、と塩野は続けた。

彼の言っていることは本当だろうか。慎重な男がたった一人で乗り込んでくるか？　まさか、真琴の暴走に気付き、上に報告する間もなく駆けつけたのだとしたら……。

塩野は真琴を励ますために、不安を少しでも軽くするために、優しい嘘をついてくれているように思えた。

彼の言葉を信じたい。しかし全てそのまま信用出来るほど、真琴は馬鹿ではなかった。

『おい、何ごちゃごちゃ話してるんだ』

幸い日本語がわかるのは、先ほど出て行った男一人のようだ。赤毛の男が真琴の前にしゃがみ込む。

『俺たちからは逃げられないからな』

真琴が睨むと、男に笑いながら顎を摑まれ顔を近づけられる。タバコとアルコールの混じった息を吹きかけられ、醜悪な匂いに顔が歪んだ。

『ほう、よく見たらけっこう綺麗な顔をしてるじゃないか。これは高く売れるかもな』

赤毛の男が部下に目配せすると、控えていたうちの一人が胸ポケットから何かを取り出した。

先ほど本物の拳銃を見たばかりのため、銃を突きつけられるのかと思い、後ずさりする。

『何をするつもりだ！』

叫ぶ塩野に視線を向けたが、彼も他の部下の男に取り押さえられ、身動き出来ない状態だった。それでも真琴を助けようと暴れたため、苛立った男に腹部を思い切り蹴り上げられてしまう。

「ぐっ、うぇ」

「先輩っ」

みぞおちを蹴られたのか、嘔吐《おうと》し腹を押さえて塩野が蹲る。嘔吐物が蹴った男の靴を汚したとかで、さらに数回蹴り上げられていた。

助けに行きたくても叶わない。それどころか、真琴自身にも危険が迫っている。

『動くなよ』

『な、何をっ？』

『刺す時、ほんの少し痛いが、すぐに楽になる。売り物にあまり傷をつけたくないからな、少し静かにしてもらおうか』

男が持っていたのは拳銃ではなかった。もっと小さく鋭利なもの——注射器だ。得体の知れない薬物を入れた注射器を持ち、男が近づいてくる。

真琴はブルリと身体を震わせた。

『やめろっ！』

『おっと、暴れるなって。暴れると変なとこに刺さっちまうぞ』

真琴は力を振り絞って抵抗を試みるが、後ろから羽交《はが》い締めにされ、右腕にチクリとした痛みが走った。続いて冷たい物が流れ込んでくる。

しばらくすると、心臓がおかしいくらいドクドクと速く大きく脈打ち始め、全身が熱くなり鳥肌が立った。

『何を打ったんだっ』

真琴は床の上で身を縮める。荒い呼吸の狭間《はざま》に叫んだが、男は不気味な笑みを浮かべるばかりだった。

身体が鉛《なまり》のように重くなり、指一本動かすことも難しくなる。それに伴い、全ての感覚が鈍くなり、まるで夢の中にいるようだ。

その後の記憶はひどく曖昧だった。

自由を奪われた身体で固い床に横たわり、ぼんやりとした目で塩野が暴行される様子をただ見つめていた。真琴の目尻からは涙が溢《あふ》れる。何も出来ない自分が許せなかった。

そうしてどのくらい時間が経った頃だろうか。

身体を揺さぶられて目を覚ますと、塩野が心配そうにこちらを見ていた。

彼の顔は殴られてあちこちに痣《あざ》が出来、顔の半分が腫《は》れ上がっていた。それに加え頭も怪我したようで、流れてきた血で顔中真っ赤だった。

塩野は真琴が目を覚ましたことを知ると少し表情を和《やわ》らげる。目が合うと、繰り返し「ごめんな」と言われた。

気を失っている間に何があったのかわからない。ただ、先ほどまで薄暗かった貨物室には煌々《こうこう》と照明が灯り、人々の話し声や足音で騒がしかった。どうやら救助が来たようだ。

——助かったのか。

その言葉だけが真っ白な頭の中にポツンと浮かび、その後、猛烈な自責の念に駆られた。

自分の軽率な行動で、塩野に大変な迷惑をかけてしまった。

すぐに謝りたかったが、その思いに反し、身体が思うように動かない。言葉を発することさえ困難だった。

そんな真琴の心情を察したのか、塩野は「今は休め」と言ってくれた。

自分だってひどい怪我を負っているのに、真琴の身を案じてばかりいる塩野に大丈夫だと伝えたかったが、やって来た仲間に抱きかかえられ、担架に乗せられた。

次に目が覚めた時に謝罪しよう。

もう無茶はしないと約束しようと思いながら、再び意識を手放した。


「こんなことになるなんて……」

真琴の唇から独り言が零れ落ちる。

病室のベッドで横たわる塩野は、あの時と同じだ。

あの後、病院に運ばれた真琴の入院は、それほど長引かなかった。

身体は順調に回復しているし、しばらくは精神的ショックを引きずっているためカウンセリングを受けなくてはならないが、近いうちに退院許可も下り、現場にも復帰出来るだろう。

見舞いに来てくれた上司にも医者がそう言っていたことを伝え、真琴は意を決して塩野はどうしているか、と尋ねた。

目覚めてから塩野とまだ一度も会っていなかったのだ。

薬を使われたせいか、あの時起こった出来事はぼんやりとしか思い出せなかったが、最後に見た彼は怪我を負っていたから心配だった。

真琴がそう言うと、上司が途端に暗い顔をする。曖昧に言葉を濁《にご》し、視線を泳がせ始めた。

もしかして、塩野は自分を見限ったのではないか。

真琴が指示を聞かず単独行動を取ったから、塩野まで危険にさらしてしまった。もし自分の顔も見たくないというのなら、せめて謝罪だけでも伝えたい。

しかし、上司から知らされたのは思いも寄らない残酷な現実だった。

救出された後、塩野は真琴と共に一番近くの現地の病院に搬送《はんそう》された。そこはスタッフが充分におらず同時に治療を行うことは難しかったため、塩野自身が真琴を優先してほしいと申し出たそうだ。

そして真琴の処置が先に行われ、それを待っている最中に塩野は突然倒れた。

診断は、頭を強く殴られたことによる硬膜外血腫《こうまくがいけっしゅ》。頭部外傷を受けた後、すぐに症状は現れず一見大丈夫なように見えたが、少しずつゆっくりと頭の中で出血していたそうだ。

倒れた後すぐに治療が開始されたが、発見が遅れたからだろう、あれから四年、日本の病院に移ってからも、塩野は目を覚ましていない。ずっと眠り続けている。

「今年こそはいい報告がしたかったのに、すみません」

静かに眠る塩野を沈痛な面持《おもも》ちで見下ろし、頭を深々と下げる。

これもしばらく経って聞かされたことだが、あの時、自分たちに暴行を加えた連中は捕まっていなかった。取引相手も。

取引が行われた夜は船が港に停泊していたため、仲間が貨物室に踏み込んだ途端いっせいに逃げ出し、結局、外で見張りをしていた下っ端の二人しか捕まえられなかったらしい。その二人も船が停泊していた国の警察に身柄を引き取られてしまい、その後は証拠不十分で釈放されていた。

それを聞いた時、真琴は愕然《がくぜん》とした。

あんな思いをしたのに、このままでは全てが水の泡《あわ》になってしまう。それだけは嫌だった。塩野のためにも、なんとしても犯人を捕まえたい。

その一心で復帰を急いだが、真琴は一ヶ月の自宅待機を言い渡された。名目は怪我の療養だが、ようは今回の一件について謹慎処分が下されたのだ。自分が犯したミスの大きさを自覚していた真琴はその処分を受け入れ、責任を取るべく謹慎が解けてから再び捜査を始めた。

まず手始めに犯人たちのモンタージュを作ろうとしたが、薬の後遺症か顔も声も朧《おぼ》ろ気《げ》にしか思い出せず、手がかりに繋げられなかった。

人物像が絞り込めないため、捜査対象はあの豪華客船に乗っていた人物ということになる。つまり全乗客が対象者ということだ。しかし乗客は皆権力者ばかりで、なかなか調査は進まなかった。

それでも地道に調べを進めていくうちに、乗客名簿の中に他の課が追っていた暴力団の幹部の名前を見つけた。取引に関係していた可能性があると思い上に報告したが、真琴の所属する国際捜査課の手には余ると判断され、第四課が引き継ぐことになってしまった。しかし結局、銃器密輸に関してはそれ以上の手がかりは摑めなかったらしく、捜査は暗礁《あんしょう》に乗り上げた。

諦めきれずに、もう一度捜査をやらせてほしいと粘ったが聞いてもらえず、この事件にばかり固執する真琴は周りから冷遇されるようになり、思う様に動けなくなってしまったため刑事を辞める道を選んだ。

子供の頃からずっと憧れていた刑事の仕事。それを辞めてでも、あの時の男たちを捕まえたかったのだ。何があっても絶対に。そうしないと本当の意味で先に進めない気がした。

そうして事件から一年後、二十九歳で刑事を辞職。上司の紹介で、今の探偵事務所で働き始めた。

それからずっと一人で捜査を続けている。

そしてようやく摑んだ手がかり。それが久納だ。

「絶対に捕まえますから」

真琴は眠る塩野を見つめながら、強い口調で約束した。


見舞いを終えてホテルに戻ったのは夕方。

真琴が部屋に入ると、一番手前の執務室として使われているラウンジには誰もいなかった。いつもならこの時間はまだ久納が仕事をしているはずだ。

パソコンも何も置かれていない片付いたラウンジを通り過ぎ、リビングに入る。扉近くのテーブルで仕事をしていた大月がすぐに気付き、「おかえりなさい」と笑顔で声をかけてくれた。

「一日お休みだと聞いていたから、戻りは明日かと思ってました」

「思ったより早く用事が終わったので、そのまま真っ直ぐ戻ってきたんです」

「もっとゆっくりしてくればよかったのに。久しぶりのオフだったでしょう？」

「ええ。でも、家に帰っても一人暮らしだから待ってる人もいないし、他に用事もなかったので。やることなくて時間を持て余したから、戻ってきちゃいました」

会話が一段落したのを見計らい、真琴は久納の行き先を尋ねた。

「久納さんは今日の仕事はもう終わったんですか？　この時間に執務室にいないなんて珍しいですよね」

「実は私たちも少し前に戻ったばかりなんです。今日は一日外に出ていて」

「じゃあ今は部屋に？」

「ええ。部屋で着替えをされていて……」

その時、主寝室の扉が開き久納が出てきた。

「ボス、上杉さんがお戻りです」

「ただいま戻りました」

大月の横に立つ真琴と目が合うと、久納は少し驚いたように目を見開き何か言おうと口を開く。けれど言葉を発することなく唇を引き結んだ。

「大月、今日はもう上がっていい」

「今日中にまとめたい書類があるのですが……」

「自分の部屋ですればいいだろう」

大月はいつもなら夕食を摂る八時頃までここで仕事をしている。やり残した仕事があれば持ち帰っていたようだが、まだ日も落ちきっていない時間に切り上げるのは、真琴が知っている限り初めてのことだった。大月も意外だったようで少々困惑した顔をしたが、すぐにボスである久納の命令に従った。

大月が退室すると、二人の間に微妙な空気が流れる。

真琴が気まずさに堪《た》えきれなくなる直前、久納から声をかけられた。

「食事はどうするんだ？」

「今日は食欲がないので……」

「食べないのか」

「はい」

一日休みをもらったのだから、ここに戻らず自宅で過ごしてもよかったはずだ。けれど真琴の足は自然とこのホテルへ向いていた。そして部屋にいた大月と久納の姿を確かめた瞬間、張り詰めていた気持ちが緩んだ。その時、自分が一人でいたくなかったのだと気がついた。

疲れているのではなく、心が沈んでいる。

弱っているから、無意識に誰かを求めていた。

「食べないと身体がもたないだろう。毎日この部屋で同じような食事ばかり摂っていたからな、今日は外で食事をしないか？　何なら食べられそうだ？」

真琴の心に、久納の言葉が染みていく。彼の声がいつもよりもいくぶん柔らかく、いたわりを滲ませているからだろうか。真琴は久納の申し出を無下《むげ》に断れない。

今日でちょうど四年。四年前のあの事件がきっかけで、自分の人生は大きく変わった。そして塩野の人生も……。考えたいこと、考えなくてはならないことがたくさんある。

でも今夜は一人でいたくない。

一人でいるとどんどん暗く沈んでいき、再び立ち上がることが出来なくなる気がした。

真琴は気がつくと頷いていた。

その後、久納に言われるまま先日仕上がってきたばかりの新品のスーツに着替え、住宅街にある看板も出ていないレストランに連れて行かれた。

こぢんまりとした店構えのまま店内もそう広くはなく、テーブル席が四つ設けられているだけだった。しかし狭いながらもテーブル同士はほどよい距離が取られ、観葉植物などを目隠しとして配置して個室のような空間を演出している。

久納はいつの間に予約をしたのか、ウェイターに名前を告げるとすぐに窓際の席へと案内された。足元から天井近くまである大きな窓の向こう側には、イングリッシュガーデンが広がっている。まだ暮れきっていない夏の太陽の日差しが、木々の隙間から漏れて幾筋かの光の道を作っていた。

久納はメニューを見てコース料理を注文する。それに合わせてワインも頼み、真琴はよくわからないから、と久納に全部任せた。

店内は真琴たちの他に、老夫婦が一組いるだけだった。スタッフもホールに二人いるだけで、他は見当たらない。小さく音楽が流されていて耳を澄ましてみると、意外にもクラシックではなくジャズがかかっていた。

混んでいないこともあってか、料理はすぐに運ばれてきた。意外にもあっさりとした味付けで、スルスルと喉を通っていく。食欲がなかったはずなのに、気がついたら出された料理の八割方は食べていた。

「口に合ったか？」

「はい」

「ここはフランス料理店なんだが、シェフがもともと日本食の板前だったんだ。その関係でフランスと日本、両方の料理を融合させた創作料理を出してるんだ」

「ああ、だから食べやすいんですね」

真琴が納得して頷くと、久納は上機嫌でワイングラスを傾ける。

なぜだかわからないが、先ほどからずいぶんと機嫌がいいように見える。普段の人を威圧するような空気はなりを潜め、こうして対峙していても変に気負わずにいられた。口数も多い。

美味しい料理に居心地のいい店内、穏やかな空気。鬱々とした気持ちが薄れていく。

真琴は脳裏にふと浮かんだ質問を自然に口にしていた。

「久納さんは子供の頃、どんなふうに過ごしてたんですか？」

「どうしたんだ、急に」

久納が手にしていたワイングラスを置いた。顔をしかめ、訝しそうにしている。

「久納さんと暮らし始めてもう一ヶ月経ってるのに、僕はあなたのことを何も知らないと思って……」

真琴が久納の顔色を窺いながらそう言うと、彼は鼻で嗤った。やはり一蹴《いっしゅう》されて終わりか、と半分諦めていると、久納がナプキンで口元を拭い話し出した。

「この間、教会に行っただろう？　私は母親と死別した後、数年間をあの教会で過ごしたんだ」

唐突に語られた生い立ち。

まさか話してくれるとは思わず、向かいに座る男をまじまじと見つめてしまった。久納はそれに気付き、眉間に皺を寄せる。

「教会の孤児院で育ったことがそんなに珍しいか」

「いえ、違います。まさか話してくれるとは思わなかったので」

「聞かれなかったから話さなかっただけだ。聞けば答えた。あの時もシスターでなく私に聞いてくればよかったんだ」

ムッとした顔でワインを呷《あお》る。その拗《す》ねたような顔が、少し子供っぽく見えた。

これまで探りを入れるだけで、久納と向き合おうとしていなかったことに気付き、真琴は慌てて言った。

「聞かせてください。知りたいんです、あなたのことを」

すると久納は口角を緩く持ち上げ笑みを浮かべた。その顔がこれまで目にしていたものとは異なり、嬉しさが滲んで見えたので、これにもまた驚いてしまった。

久納はもう一口ワインを飲み、先を続ける。

「十六歳の時、父親に引き取られた。そして父についてイタリアに渡った。父は色々と教えてくれたが、その父も私が二十歳《はたち》の時に亡くなり、その後、会社を立ち上げ今に至る」

短くまとめているが、彼のこれまでの人生は真琴が思っていたよりも重いものだった。両親はすでになく、口ぶりからすると他に近しい兄弟や親族もいないのだろう。二十歳からこれまで、一人でやってきたのだ。自分の力だけで。

これが全てではないだろうが、久納の生い立ちをかい摘まんで話され、彼の性格がこうである理由がわかった気がする。自分しか頼る者がなく、たった一人で生きてきて、そして成功した者の自信が滲み出ているのだろう。

真琴が言葉を探していると、久納が楽しそうに目を細めた。

「他に聞きたいことは?」

「どんなことでも聞いていいんですか?」

「ああ。答えられる範囲で話そう」

いったいどうしたのだろう。上機嫌で質問に答えていく久納を見ながら、真琴は心の中で首を傾《かし》げる。

ここにいる久納は、真琴の知っている男とは違ったように映る。

真琴がそんなことを考え会話の途中でふっと口をつぐむと、今度は久納に質問を投げかけられた。

「……私のことを、本当に覚えていないのか」

つい先ほどまでの、久納らしからぬ楽しげな表情は消え失せ、どことなく寂しそうに見える。

悲しみを湛えているような淡褐色の瞳を向けられ、真琴はどう声をかければいいのかわからなくなった。その顔を見ていると、なんだか自分がとてもひどいことをしているような気持ちになってくる。

「……探偵事務所で会った時も思ったが、髪を伸ばしたのか？　初めて会った時はもっと短かった。前髪も下ろしてなかったから、上品で大人しそうな顔をしていると思ったんだ。それなのに、話してみたら警戒心が強いし、気も強くて驚いた」

初めて会った時とは、あの豪華客船でのことだろうか。

まさか言葉を交わしていたとは思わず四年前の記憶を辿るが、ボーイとして働いていた時に会話をした相手は数知れない。

真琴の記憶にないことを、久納は話し続ける。

「お前はそれまで私の周りにはいなかったタイプの人間で、興味を引かれた。名前を尋ねたら佐々木直斗と名乗られたんだ。けれど翌日、同じ場所に行って飲み物を受け取っても、お前は私に気付いていないようだった。仕事中だから澄ましているのかと思ったが、そうじゃなかった。仕事は真面目にこなしているようなのに、他のボーイとは違う。どこか心ここに有らずといったような顔をしていた」

久納は思い出を懐《なつ》かしむような目でそう語った。

久納がじっと見つめてくる。射貫《いぬ》くような強さで視線を向けられると、忘れていた記憶が微かに呼び起こされそうな気がする。

真琴も彼の瞳を無言で見つめ返すが、久納から先に逸らされた。

「……悪かったな」

「え……？」

「私はあの船を降りた後、ずっとお前を捜していたんだ。でもなかなか見つからなくて、とても苦労した。そのうち教えてもらった名前が偽名だということがわかって、嘘をつかれたことを知り、怒りを覚えるよりもとても悲しくなった。それでも捜すことをやめられず、ようやく見つけた時、お前は何も覚えていなかった。おまけに私とは距離を置くくせに、大月とはよくしゃべっていて……。悔しくて、いじわるをしてしまった」

彼らしくない話し方。いつもなら、相手を真っ直ぐ見つめながら話すのに、ぼそぼそと早口に話す姿には違和感を覚える。

この傲岸不遜な男が謝罪を口にするなんて想像もしなかったから、真琴は呆気に取られ何も言えなかった。

どう言うのが正解か、よくわからない。

彼に無理矢理身体を触られた当初は屈辱や羞恥《しゅうち》で、荒れ狂う大海原のように心は荒れに荒れていた。当然ながら、久納に対する評価もこれ以上ないところまで落ち込んだ。

けれど、今日の前で謝罪一つ口にするのにも頭を悩ませている久納を見ていると、そんなに悪い男ではないかもしれないと思ってしまう。一ヶ月という短い期間ではあるが、毎日顔を合わせ言葉を交わしていれば、そのくらいはなんとなく雰囲気でわかる。

真琴の脳裏に、教会で見た久納の姿や、パーティで助けてくれた時のことが過る。

悪い部分もあるかもしれないが、人に危害を加えて平気な顔をしていられるような人間ではないと思う。

相反する考えが頭の中を巡り、自分がどうしたいのかもわからなくなってしまい、結局、何も告げることが出来なかった。でも久納はそれでは納得いかないのか、真琴を見つめてくる。

息苦しくなった真琴は、いつもはほとんど手にしないワインを自分のグラスになみなみと注ぎ、躊躇いもなく口をつけた。喉を鳴らして一気に飲み干す真琴を、久納が目を丸くして見ている。

「ワインは苦手なんじゃないのか」

「……少し飲んでみたくなったんです」

久納は訝しげな顔をしていたが、追及してくることはなかった。

もともと酒に強いわけでもないのに逃げの手段で飲み続けたため、立て続けにグラスを三杯呷ったところで酩酊感《めいていかん》に襲われる。ちゃんと座っているつもりなのに、身体がフワフワとして平衡感覚《へいこうかんかく》がなくなってきた。

久納はそれを敏感に察したのだろう。早々に食事を切り上げ、店を出ることになった。

久納は珍しく酔った真琴を見てどう思っているのだろう。車に乗ってからも彼は一言も発しなかった。いつもと変わらない光景だが、流れて行く車窓を無言で見つめる久納の横顔は固く、眼差《まなざ》しは冷たく見える。

「……わからないな。お前はそのへんの女たちとは違う。何を与えてもどこに連れて行ってもたいして喜ばない。難しい男だ」

しばらくして小さな呟きが聞こえた。

久納は相変わらず無表情で、こちらを見ようともしない。

真琴は返答に困り、無言でシートに身を預けた。

——誰と比べているのだろう。

女たち、というのは彼のかつての恋人たちのことだろうか。久納が誰と付き合おうが関係ない。それなのに、彼の零した呟きを聞き流せない自分がいる。久納に誰かと比べられ、とても嫌な気持ちになった。

車はほどなくしてホテルに到着し、真琴も久納に続いて後部座席から立ち上がろうとしたが、すでに酔いが足まできているのか思うように力が入らない。勢いをつけて立ち上がったら、足がもつれて転びそうになってしまった。

ふらついた身体を久納がしっかりと抱きとめてくれる。彼の腕に包まれると、つけているコロンの香りが微かに鼻腔《びこう》をくすぐった。

途端に心拍数が上がり、真琴は慌てて久納から身を離す。

「摑まっていろ」

離れた拍子にまたも足元をふらつかせた真琴に、久納は右腕を差し出してきた。真琴は反射的に頭を左右に振る。

「いいです」

「そんな状態では一人で歩けないだろう。腕に摑まるのが嫌だというのなら、仕方ない、部屋まで抱き上げて連れて行こう」

冗談かと思ったが、久納は言うなり身をかがめる。公衆の面前で男に横抱きで運ばれるなんてごめんだ。

真琴は焦りながら久納の右腕を両手でがっちり摑んだ。こちらを困らせて反応を楽しみたかったのか、久納は抱き上げられなくてやや残念そうな顔をしていた。

そのまま久納に寄りかかるようにしてエレベーターへ乗り込む。幸い酔っ払っているだけと思われたようで、それほど奇異の目では見られなかった。

エレベーターを降りると、扉の前には夜でも交代でボディガードが立っていた。彼らと共に外出することは少ないが、久納が大仰《おおぎょう》にするのを嫌っているため滅多《めった》に連れて歩かないようだ。

真琴は部屋に入ると早々に久納から離れようとした。しかし腕を放し距離を取ろうとすると、すぐさま腰に手を回され引き寄せられる。

「部屋まで連れて行く」

いいです、と固辞《こじ》すればまたも抱き上げられそうな予感がして渋々従う。久納に引っ付いてラウンジを通りリビングへ、さらに続きのダイニングへと進む。

「ここで大丈夫です」

「遠慮するな」

自室の扉の前で久納と別れようとしたが、それは許されなかった。ベッドまで付きそうと言う。それほど危《あや》うい足取りだろうか。確かにずっと頭がフワフワしている感じだが、これはワインのせいだけではない気がする。

――コロンのせいだ。

匂いによって、鮮明に思い出されてしまう。

この手がどんなふうに自分に触れたか。

合わせた胸から伝わってきた彼の鼓動。温《ぬく》もり。肌の感触。息づかい……。

考えないように、意識しないようにしていたのに、久納の纏う香りに刺激され、あの夜のことを思い出してしまう。

――熱い。

空調が効いているため、室温は適度に保たれている。汗をかくような温度ではないのに、久納の存在を意識してしまい、顔や身体が熱くなった。

きっと顔も赤くなっているはずだ。酔っているからだと思ってくれるだろうが、どうしても全身を駆け巡る血流を止めることは出来ない。出来ることといえば、一刻も早く久納から離れることくらいだ。

「ここでいいので……」

真琴は伏し目がちでそう言ったが、久納は頑として聞かず部屋の中にまで入ってきた。

薄暗い部屋に二人きり、という状況に変に意識してしまう。思い出したくもないほどのことをされたのに、久納の腕に支えられ、嫌悪感からではなく鼓動が速くなり顔が熱くなる。久納の体温を近くで感じるだけで胸がざわめいた。

「本当に大丈夫ですからっ」

真琴はこれ以上傍にいては駄目だと久納から離れようとした。今度はあっさり拘束を解いてくれたが、酔っ払って力の加減がわからない真琴は腕を突っぱねた反動でバランスを崩し後ろによろめく。すかさず久納に腕を引っ張られ、再び彼の胸に飛び込んだ。

「何をやってるんだ」

「……すみません」

久納は呆れたようにため息をつくと、真琴をベッドまで誘導してくれる。真琴も今度はそれに素直に従い、辿り着いたベッドに腰を降ろす。

「今日はこのまま休んだ方がいい」

久納はそう言って背を向け、部屋を出て行こうとした。

——本当に、何をやってるんだろう。

一人で意識して騒いで、馬鹿みたいだ。

もう二度と彼に触られたくないと心の底から願っていたはずなのに、こうして二人きりの状況で何もされないと、なんとも言いようのない感情が胸に込み上げてきた。そんな自分に気付き、真琴はひどく狼狽《ろうばい》する。

自分はいったいどうしてしまったのだろう。

考えていることが支離滅裂《しりめつれつ》で、何がしたいのかわからない。

久納にそれをぶつけるわけにもいかず、真琴はベッドに腰掛けたまま彼の広い背中を見つめた。

久納との距離はほんの数歩。

けれど先ほどまで息づかいが聞こえるほどの距離にいたのに、今はこうして離れてしまっていることが寂しいと感じる。そんなことを考える自分に驚いた。

すると突然、久納が歩みを止めこちらを振り向く。

間接照明の淡い光に照らされた久納の瞳は、また緑色に変わっている。不思議な色。それがミステリアスな雰囲気を醸し出し、真琴は目が離せなくなる。

久納は真琴を見て驚いたような顔をした後、小さく舌打ちをした。

そして苛立ったような怒ったような顔で、大股でベッドに近づいてくる。

「久納さ……んっ」

目の前に立った久納に顎を取られ顔を上向かされたと思ったら、唇を塞がれていた。

一瞬の出来事でなんの反応も出来ないでいるうちに、彼の舌が唇をこじ開け口内へと潜り込み、真琴のそれを絡め取る。口の中を思う存分蹂躙《じゅうりん》され舌を吸われ、頭の芯が痺《しび》れるような快感に身体が甘く疼《うず》いた。

そのまま流されそうになったが、久納の手が内腿《うちもも》にかかりきわどい部分を撫でてきたことでようやく我に返った。

「やめてくださいっ」

両手で力の限り久納の身体を押し返す。半分ベッドに乗り上げていた久納の身体が後ろに傾いだ。

久納は目を見開き、しかしすぐに渋面を作った。

どんな顔をすればいいのかわからない。

真琴が落ち着きなく視線を彷徨わせている間に、久納は無言で部屋を出て行ってしまった。

扉の閉まる音を聞きながら、安堵と落胆《らくたん》の入り交じったような気持ちが胸に広がる。どっと疲れてベッドに倒れ込み、高鳴る胸を手の平で押さえる。

どうしてこんなふうになっているのか、自分でもわからない。

男相手に、それもあんなにひどいことをしてきた相手なのに。

もしかしたら、自分が追っている事件に関与している相手なのかもしれないというのに……。

真琴は気持ちを静めるために深く息を吐き出しながら、今日のことを反芻《はんすう》した。

あんなふうに食事をしたのは初めてだった。

上機嫌な久納を見たのも、そんな彼とプライベートな話をしたのも初めて。

その時間を苦痛だとも感じなかった。それどころか、話してみると久納は博識で思慮深く、楽しいとさえ感じた。

だからだろうか。

頑なに拒んでいた彼への気持ちに、変化が起こっている。

久納の知らなかった一面を見て、悪いところばかりではなくいいところもあると知った。

それに、彼に抱きとめられた時……目が合った瞬間、ずっと押し込めてきた感情が溢れ出すような感覚に陥った。今思い出しても胸がざわめく。

これはいったいなんなのか……。

真琴は未だに落ち着かない心臓の音を聞きながら目を閉じる。

浮かんできた答えは、ありえないものだった。

馬鹿な考えだと頭から追い払おうと首を振り、代わりに自分がなぜここにいるのかを思い起こす。

久納の傍にいるのは、彼から情報を聞き出すため。四年前、自分と塩野を傷つけた連中を探し出し捕まえるためだ。

だから、これはきっと何かの間違い。

長い間誰にも事情を打ち明けず、一人で捜査を続けてきたから、ちょっと疲れているだけだ。

そんな時に無茶な飲み方をして酔ってしまい、たまたま傍にいた久納に寄りかかりたくなっただけ。

それだけで他意はない。久納だからどうこうというわけではないのだ。

真琴は上着も脱がないまま、シーツに包《くる》まる。

そうではない、と叫ぶ心に蓋《ふた》をするため、早く眠ってしまいたかった。


久納との契約は、彼が日本を離れるまで、ということだった。だからこの生活もあと一週間。けれど未だに彼からは有力な情報を聞き出せていない。

事務所に頼んでおいた久納の調査もなかなか進んでいないらしく、田代からの連絡もなかった。

「はぁ……」

真琴はパーティに同行する時と外出する時以外は、相変わらずホテルで勉強をするように言われていた。けれど、そんな生活を一ヶ月以上も続けていると、大抵のマナーや知識は身につき、もうほとんど学ぶようなことはなくなっている。暇を持て余していたら大月が本を持ってきてくれたので、最近は日中それを読んで過ごしていた。

真琴がページを捲りながらため息を零すと、それを聞き咎めた大月が仕事の手を止める。

「お疲れですか？」

「いえ、そういうわけでは……」

毎日ホテルに籠もって本を読んだり映画を観たりしているだけで、疲れるようなことは何もしていない。だが、何もすることがないというのも案外苦痛だった。

それに久納が日本を発つまであとわずか。残された時間は少ないというのに、何も進展していない状況に焦りばかりが募っていた。

けれど、そんなことを忙しく仕事をこなしている大月には愚痴《ぐち》れない。真琴が曖昧に言葉を濁すと、大月が「少し休憩しましょう」と言ってコーヒーを淹れるため、キッチンへと向かった。

真琴はその姿をダイニングテーブルから見るとはなしに眺める。その時ふと思い出して大月に尋ねた。

「久納さん、朝から出かけてますよね。戻りは何時頃になるんですか？」

「取引先をいくつか回る予定なので、夕食の頃になると思います」

「そうですか」

日本を離れる日が近づいてきたからか、久納はここ数日、外出することが多くなっていた。

「気になりますか？」

「え？」

大月から投げかけられた質問にドキリとしてしまう。大月には久納との間にあったことや、真琴が久納をどう思っているのかなどは、いっさい伝えていない。久納もベラベラ話す人間ではないので、自分たちの間にあったことは何も知らないと思う。

しかし、大月はとても鋭い。ちょっとした言動や表情の変化を見逃さず、言わなくても考えていることを悟られてしまうようなことが多々あった。だから大月の言葉でひどく動揺してしまったのだ。

「ボスと話していましたよね。初めて会った時のことを思い出したら、持っている情報を教えるって。もうあまり日にちがないのに、当の本人は外出ばかりだから、どう探りを入れようか考えているのかと思いまして」

ああ、そういう意味か、と緊張を解く。

イスを引いて向かい合わせに腰を降ろした大月の顔を見ても、特に変わったところは見受けられない。

真琴は安堵しつつ差し出されたカップを受け取り、コーヒーを一口啜《すす》った。

「美味しいです」

「よかった」

「日本を離れる前に、コーヒーの淹れ方教えてください」

大月の淹れるコーヒーは本当に美味かった。コーヒーにこだわりはない方だったが、どうせ飲むなら美味しい方がいい。そう思ってふと口にした言葉だったが、大月からの返事はない。どうしたのだろうと様子を窺うと、いつものにこやかな笑みが消え、考え込んでいるような暗い顔をしていた。

「大月さん？」

「え？　あ、すみません。考え事をしていたもので……」

どうも様子がおかしい。

「どうかしたんですか？」

「……いえ」

大月は沈んだ表情で左右に頭を振る。なんでもない顔ではなかった。

「何か悩みでも？」

「…………」

「僕でよければ話を聞きます。大月さんにはよくしてもらってばかりで、何もお返し出来ていないので」

真琴がそう言うと、大月がようやく重い口を開いた。

「……上杉さんは、元は刑事さんだったんですよね？」

そう問われて少々驚いた。大月には探偵事務所に勤める以前のことは話していなかったからだ。もちろん久納にも言っていなかったが、ずっと捜していたと言っていたので、その過程で知ったのかもしれない。

わざわざ嘘をついてまで隠すことでもないので、真琴は正直に頷いた。

「はい」

「……内密にお話したいことがあります」

大月がいつになく切羽《せっぱ》詰まったような真剣な顔で話し始めたことは、とても衝撃的な内容だった。

「ボスの……久納の仕事のことはどこまでご存じですか？」

「貿易会社を経営されてるんですよね」

真琴の言葉に大月が頷く。

「ええ、そうです。久納はイタリアに本社を置く貿易会社のCEO《最高経営責任者》です。取り扱う商品は食品や雑貨、家具などの身近な物から、精密機器、鉱物、医薬品など多岐《たき》に亘ってます。会社が所有している船舶もいくつもあり、貿易の他にも観光や建築、外食産業にも進出しています」

実は、今しがた大月が説明してくれた久納の会社についての情報は、すでに田代から報告を受けていた。しかし、それをそのまま伝えてはなぜ知っているのかと変に怪しまれる気がしたため、真琴はあえて詳細を語らなかったのだ。

幸い勘づかれた様子はなく、大月は話を続ける。

「久納の経営手腕が優れていたからこそ、会社がこれまで順調に大きくなってきたのだと思ってます。……だからでしょうか、久納はややワンマンで、他の人間の意見にあまり耳を傾けない。自ら現場に赴《おもむ》いて商品をその目で確かめ、仕入れ値の交渉をすることも多いです。全部自分で決めるんです。私は秘書ですが、私でも彼の仕事を全て把握出来ていません」

そこまで一気に話し、大月は一旦言葉を句切る。真琴から視線を逸らし、この期《ご》におよんで言いよどむかのように目を泳がせた後、意を決して口を開いた。

「久納には裏の顔があります」

「裏の顔……？」

大月は席を立った。そして彼が仕事用に使っているテーブルまで行き、紙の束を持ってくる。

「久納のデスクから見つけました。久納が裏で取り扱っている商品は、銃器です。彼は他の品物に紛れさせて、巧妙に銃器を持ち込みそれを売っているんです」

これが証拠です、と言われて差し出された紙を手に取る。それは取引の内容を記した帳簿のようで、売った相手と銃の種類や数などが詳細に記されていた。中には違法な薬物も交ざっている。

驚きすぎて、ただただ紙を凝視する。声も出ない。目の前に動かぬ証拠を突きつけられても、まだ信じられないほどだった。

「すみませんっ」

真琴が呆然としていると、大月がイスから立ち上がり、猛然と頭を下げてきた。そのままの格好で、謝罪の言葉を繰り返し口にされる。

「気付くのが遅くてすみません。私もこの書類を昨日たまたま目にして驚きました。まさか、久納が犯罪行為をしていただなんて、全く気付きませんでした。申し訳ないです」

「大月さん頭を上げてください」

いても立ってもいられず真琴も席を立ち、大月の肩に手を置いた。

「あなたが謝る必要はありません」

大月も知らなかったのだから、そんなに責任を感じて自分を責めないでほしい。

そう言う一方、真琴の心の中は大荒れだった。

声が震えそうになり、意識して腹から声を出すようにしなくてはならなかった。

——やはり彼が……？

自分たちの人生を狂わせる元凶になった銃器密輸事件。まさか、あの時も久納が関係していたのだろうか。

真琴は上手く動かない指先で書類を捲る。文面は世界中で取引を行っているためか、全て英語で書かれていた。

膨大《ぼうだい》な量の記録の中から、四年前のあの日の取引を探し出すのにはやや時間がかかった。

そしてようやく見つけた日付。

そこには取引場所としてあの豪華客船の名前、その下には銃器と思しき名称がずらりと並んでいた。

最後には双方のサインも入っている。

「……これだけでは、久納さんが取引に関わってるとは断言出来ません」

「そこにサインが」

「これは久納さんのサインではないようですが……」

久納のサインは見たことはないが、書類に書かれているのは日本名ではない。久納がなぜこの書類を所持していたのかわからないが、ただ持っていたというだけで、違法な銃器密輸を行っているとは言い切れない。

真琴がそう大月に説明すると、彼は「ああ」と呟いた後、真琴が聞かされていなかった事実を教えてくれた。

「彼の父親がイタリア人だということはご存じですか？　彼は日本で生まれ育ちましたが、十代の後半からイタリアに住む父親に引き取られました。日本では『久納和士』と名乗っていますが、ミドルネームがあるんです。どうやら銃器密輸を行う時は、表の顔がバレるのを防ぐため、父親の名字とミドルネームを使用しているようです」

「この名前がそうだと？」

「ええ」

真琴は再び書類に視線を落とす。

大月にここまで言われても、まだ全てを受け入れることは出来なかった。

もし久納が本当に真琴がずっと追っていた銃器密輸グループの主犯だとしたら……自分は彼を捕まえなくてはならない。

そこでふと新たな疑問が浮かんできた。

——あの時、久納もあの場にいたのだろうか？

そういえば、途中で仲間が加わった。暗がりでその男の顔は見えなかったが、その男は日本語で話しかけてきた。残念ながら薬を使われた影響か、男の声ははっきりと覚えていない。ただ冷徹な声音だったという印象だけが残っている。

すうっと血の気が引いていく。

――久納はなんと言っていた?

彼も捜していたと言っていたではないか。ずっと。四年近くもの間。それはいったい何が目的だったのか。自分に近づいて、何をするつもりだったのだろう。

取引を目撃した刑事が生きていると知り不利になると考えてのことだったら、居所《いどころ》がわかったらすぐに消せばいいだけ。こんなふうに二ヶ月近くも手元に置いておく必要はない。それに、あんな意味深なことを言って、久納のことを思い出させようと躍起になる必要もない。

だからこそ恐ろしくなった。

久納の考えがわからなくて。

頭の切れる男だから、真琴には思いつかないような、何かとてつもない企《たくら》みをしていそうに思えたのだ。

怒りのためか、恐怖か、悲しみのためか、真琴は言葉を失った。一言で言い表せない様々な感情が、真琴の胸の内で渦巻く。

「上杉さん、私はどうしたらいいんでしょう……。これまで多少強引なやり方をしているところは見てきました。ですが、まさかこんなことをしているだなんて……」

大月が顔を覆って俯《うつむ》く。背中を丸めてうな垂れる男の肩は、小刻みに震えていた。当然だろう。

人間的にはクセがあるが、経営者としては一流だと認めて尊敬している相手が、実は犯罪者だったなんて知ればショックを受けて当たり前だ。

真琴は固まって動かない唇から、なんとか声を絞り出した。

「この件は僕に任せてもらえますか。大月さんは勘づかれないよう、なるべく普段通りにしていてください」

「久納をどうするんですか？」

真琴はしばし逡巡《しゅんじゅん》する。

まさか突然、追っていたグループの主犯を見つけるとは思っていなかった。

昔ならすぐさま礼状を取り逮捕している。しかし、今現在、刑事を辞めた真琴にはその権限がない。それに以前の轍《てつ》を踏まないためにも、単独で行動することは避けた方が賢明だろう。

「まずは事実確認をします。銃器密輸に関わっているのかどうかを探ってみて、クロだった場合は刑事時代の上司に連絡を取って、しかるべき対処をしてもらいます」

真琴の説明を聞き、大月もやや落ち着きを取り戻したようだ。表情を引き締め頷くと、深々と頭を下げてきた。

「お願いします。ですが、上杉さんもあまり無茶はしないでくださいね。……おわかりだと思いますが、久納は冷酷で乱暴なところがあります。危険を感じたらすぐに逃げてください」

大月らしからぬ暗い瞳。低い声で注意を促され、真琴は戸惑う。

――久納が犯人であってほしくない。

何よりもそう思ってしまう自分の気持ちに、真琴自身とても困惑していた。


その日の夜。

久納は九時過ぎに戻ってきた。

夕方連絡があり、戻りが遅くなると言われていたため、真琴一人で軽く夕食はすませてある。

いつもなら夕食後は与えられている部屋で休むことが多いが、昼間大月から聞いた話の真偽を確かめなくては、とソファに座って久納の帰りを待っていた。

「いたのか」

リビングのソファで本を読む真琴を見つけ、久納は少し驚いたようだ。この部屋の中でならどう過ごしてもいいと言われていたが、実際に自室以外で真琴がくつろぐことはなかったからだろう。

久納は仕事が立て込んでいるようで、連日帰宅は夜中。今日はまだ早い方だったが、毎日のように久納はホテルに戻ってきてからも寝室に籠もって雑務をこなしていた。満足に睡眠も取れていないのか、さすがに少し疲れた顔をしている。

真琴はそんな久納を気遣う素振りで声をかけた。

「お疲れ様です。すぐに休まれますか？」

「そのつもりだが、何か私に用事でも？」

勘の鋭い男は、普段と違う行動を取る真琴にやや不信感を抱いたようで、怪訝そうな顔をしている。

内心焦りつつも、真琴は平静を装った。

「用というほどのことでもないんです。契約の確認をしておきたくて。依頼の期間は日本を離れるまで、ということでしたが、最近お仕事がお忙しそうですし、予定を変更されて滞在を延ばされる可能性はありますか？　僕の方のスケジュールにも関わってくるので、確認しておきたくて」

久納が帰ってくるまで、ずっと考えていたからスラスラと言葉が出てきた。久納もそれを信じたようだ。ネクタイを緩めながら疑うことなく答えてくれた。

「今のところそういう予定はないな。当初伝えてあった通り、来週には日本を発《た》つ」

「わかりました。それではその旨、所長に連絡してもいいですか？」

久納からなぜか返答がない。

真琴が彼の顔を窺い見ると、ようやくゆっくりと口を開いた。

「……思い出したか？」

「え？」

「私のことをだ」

一瞬ドキリとしてしまった。

思い出してはいないが、大月から久納が裏で何をしているのか聞いてしまった。

真琴は動揺しながらもなんとか頭を左右に振る。

「いいえ」

「なら、一緒に来るか？」

「一緒に？」

「思い出すまで傍にいればいいと言っただろう」

それはこのホテルに来た初日に言われた言葉。てっきり冗談だと思っていたが、まさか本気で口にしていたのだろうか。そうだとしたら、なぜこうまで自分を傍に置きたがるのだろう。

真琴が言葉に詰まっている間に久納はあっさりと話を終わらせる。

「冗談を真《ま》に受けるな。話はそれだけか？」

「……はい。呼び止めてすみませんでした」

「私はもう部屋に行くから、適当に休むように」

「はい。お休みなさい」

お休み、と言って背を向ける男。

真琴の緊張は一気に高まり、背中にはじっとりと汗が滲んでいた。

真琴は久納に悟られぬよう、気を落ち着けるために深呼吸を一つすると、意を決して名前を呼ぶ。

「アルベルト」

「なんだ？」

彼は普通に振り返った。なんの疑問も持っていない顔で。

真琴は足元が崩れていくような錯覚に陥る。

今呼んだ名前は、大月が言っていたもう一つの名前。銃器売買の帳簿に書かれていた名前だった。

「あ……、えっと。すみません、言いたかったことを忘れてしまいました」

なんとかそれだけ言うことが出来た。情けないことに声が震えそうになり、久納から見えないようさりげなく背後に回した拳を握り締め、なんとか我を保つ。

真琴の動揺には気付かなかったようで、久納は表情を緩めた。

「思い出したら、いつでも言ってかまわないからな」

優しい眼差しは、いつぞや教会で子供たちに向けていたものと同じ。

――信じたくない。

久納がずっと追っていた銃器密輸グループの一味だなんて。

こんなに優しく笑える男が、人を傷つけ命をも奪う道具を広めているだなんて。

そして……自分が、そんな男を好きになってしまったという事実を。

「おい、どうしたんだ」

「……え？」

久納の顔から笑みが消え、大股でこちらに近づいてくる。

「具合でも悪いのか」

「いえ」

心配ゆえか険しい顔で覗き込まれ、苛立ったように早口で続けられる。

「泣いてるじゃないか」

そう言われて慌てて目元を拭う。そこで初めて自分が泣いていることを知った。

その瞬間、これまで見ないふりをしてきた気持ちが堰《せき》を切ったように溢れ出してきた。

――ひどい男だ。

今目の前にいる男は、とてもひどい男。

四年前、塩野と自分を部下に始末するよう指示した。その時の辛い記憶に苦しみ捕らわれ、真琴は憧れだった刑事を辞め、塩野は今も病院で眠りについたまま。この先、意識が戻る確率は低いと医者にも告げられている。

彼の敵《かたき》を討《う》ち、自分自身も過去から解放されるために、この四年間たった一人で捜査を続けてきた。

そしてようやく見つけ出した犯人は、やはりひどい男だった。

――どこまで自分を苦しめるのだろう。

悪事に手を染めている男なのに、共に過ごした二ヶ月近くで、色々な面を見てしまった。彼が非道で冷たいだけの人間ではないと知ってしまった。

どうしてひどい男のままでいてくれなかったのだろう。こんなことになるなら、優しい姿なんて見たくなかったのに。

――苦しい。

真琴はその場に座り込む。久納が慌てて手を差し伸べ、共に床に膝を突いた。

もう涙が止まらない。

どうして優しくするのだろう。

決心が揺らいでしまう。

彼は自分がずっと捕まえたくて追ってきた男。あの時にされたことを思い出しても、やはり怒りや憎しみが込み上げる。

それなのに、彼を好きになってしまった。

これまで男性を好きになったことはない。恋愛対象は全て女性だった。

自分が同性を好きになったというだけでも戸惑うのに、彼は依頼人であり、真琴がずっと追っていた銃器密輸の犯人。

もし彼の悪事を暴《あば》いてしまったら、傍にはいられなくなる。彼は犯罪者として捕まり、裁かれるのだ。何年も塀の中に入ることになるだろう。

それが本来受けるべき罰だとわかっている。

でも、頭ではそう思っていても、心がついていかない。傍にいたいと叫んでいる。

自分はどうするべきなのか。どうしたいのか。

真琴の心は大きく揺れ動いていた。

「……っ」

声を発することも出来ず、はらはらと涙だけが落ちていく。

そんな真琴を大きな腕が抱きしめてきた。予想もしていなかった久納の行動に驚きつつも、真琴はその腕を振り払うことはしなかった。

胸元に抱き寄せられると、彼のコロンの香りが漂ってくる。

久納の存在を確かに感じることの出来る距離。

彼は自分のことをどう思っているのだろう。どうして抱き締めてくれるのだろう。

ここに来たばかりの頃、彼に触れられた時のことが蘇る。

忘れようとしても無理だった。ふとした時に思い出してしまう。意識せずにはいられなかった。

そんな時、再び久納からキスされた。なんの言葉もなく。

なぜ自分にあんなことをしたのか、聞けば答えてもらえるだろう。けれど、正直に尋ねる勇気がない。ただの気まぐれだと、戯れに触れただけだと言われそうな気がしたからだ。

でも、今はそれでもいい。

真琴は静かに目を閉じた。

——何も考えたくない。

今は、何も……。

ただ、この腕の中にいたいと思った。

真琴は俯けていた顔を仰向け、自ら唇を寄せる。もう一度だけ彼を近くで感じたい。拒絶されるかも、という恐怖はあったが、それを押し込めて心の求めるままに動いた。

久納は一瞬だけ驚いたような、困惑したような顔をしたが、拒まれることはなかった。

合わせた唇が温かく、また涙が一筋伝う。

すがり付くように久納の背中に腕を回し、そのまま夢中になって深い口づけを交わした。

それで終わるはずだった。

真琴もキスだけで満足しようとしていた。

ところがキスの合間に、久納がふと身体を離したかと思ったら、そのまま横抱きにされた。突然のことに目を白黒させ、反射的に久納の首にしがみつく。

久納はしっかりとした足取りで歩いて行き、ノブを少し回して行儀悪く足で扉を蹴り開け、スプリングの利いたベッドに真琴を降ろした。続いて久納もベッドに上がり、真琴を優しく押し倒してきた。

今度は久納からキスされる。

「ふっ、んっ」

数回軽く合わせた後、どちらからともなく舌を絡め始める。息をする余裕さえないほどの激しい口づけに、真琴は甘い苦しさと快感で、頭がぼうっとしてきた。

「あっ」

ふいに脇腹を撫で上げられ、驚いて声を上げてしまう。久納の手がピタリと止まる。キスも中断して顔を覗き込まれた。

「……もっと近くに来てください」

はっきりと口にするのが恥ずかしく、遠回しにそう言うのが精一杯だった。

――気まぐれでも、気の迷いでもいい。

これは真琴の望んでいたことだから。

真琴の想いが伝わったのか、久納はシャツの裾《すそ》から手を潜り込ませ、素肌に触れる。そうして探し当てた胸の突起を軽く指先で転がし、真琴が嫌がっていないことを確かめてから、今度は舌先でつついてきた。

「あぁっ」

強めに吸われ、背中を反らす。

久納に触れられるとそこから快感が広がり、真琴の口からは堪えきれずに喘ぎ声のような嬌声が上がった。

男に押し倒され、あまつさえ喘ぐ自分に羞恥心が込み上げるが、途中で止めようとは思わない。真琴の心も身体も彼を求めていた。

真琴から積極的に動くことはなかったが、以前とは違う反応を見て、久納もだんだんと遠慮がなくなってきた。真琴の下肢から衣類を全てはぎ取ると、すでに固くなっている中心を躊躇いなく口に含む。

「あっ！　はぁっ、……んぅっ」

腰が溶けてしまいそうなほど気持ちいい。口に含まれてすぐに達してしまいそうになり、久納をそこから引きはがそうと彼の頭を押し返す。けれど腕に力が入らず、ただ久納の髪に指を絡めるだけの状態になってしまった。

「久納さ……ぁっ、駄目ですっ」

そう言っている間も久納は真琴の中心を舐めしゃぶり、そこから濡れた音を響かせる。久納の口に放つことだけは避けたいと、繰り返し制止を促したが攻撃の手が緩まることはなく、真琴はあっさり陥落してしまった。

「だめっ、う……っ、ん、あぁっ――っ」

内腿がブルブルと痙攣し、息を止め吐き出される欲望の証《あかし》。全てを彼の口へ解き放ってしまった。

「すみませ……、んっ」

久納は怒ることもなく、残滓《ざんし》をも啜り出すかのように吸い上げ、チュッと音を立ててようやくそこから顔を離した。彼が口の中にある真琴の放ったものを飲み込むのを、まざまざと見てしまう。羞恥で消え入りたくなった。

真琴が見ている目の前で、久納はシャツを脱ぎ捨て上半身裸になる。暗がりに浮かび上がる身体。久納はいつもきっちりスーツを着こんでいるから、衣服を纏わない身体を見るのはこれが初めてだ。

スーツを着ていてもスタイルがいいことはわかっていたが、こうして直接見ると、均整の取れた美しい身体にため息さえ零れてしまう。ほどよい筋肉に覆われた厚い胸板、割れた腹筋、引き締まった腰……。彼は男がこうなりたい、と憧れる理想的な身体をしている。

無意識のうちに不躾《ぶしつけ》に凝視してしまっていたらしい。真琴の視線に気付き、久納が苦笑した。

「今自分がどんな顔をしているか、わかってるのか？」

そう指摘され、自分が浅ましくも物欲しそうな顔をしていたのだと思った。真琴は耳まで赤くして、いたたまれずに久納から視線を逸らす。

再び覆いかぶさってきた久納が、横を向いた真琴の頬を指の腹でそろりと撫で上げる。

「そんな目で見られたら、加減出来なくなる」

「んっ！」

真琴が何か言うより早く、キスで口を塞がれる。荒々しく口内を舌でかき回され、素肌をまさぐられ、そのやや乱暴な扱いに興奮する。

一度放ったはずの中心が硬度を取り戻すのに、そう時間はかからなかった。

「う……っ」

久納の指が後ろへ忍ばされ、ゆっくりと中へと侵入してきた。反射的に身体を硬直させると、緊張を解くためか中心へも指が伸ばされる。前をしごくのと同じリズムで、後ろに入った指を小刻みに動かされた。

「あっ、はっ、あぁっ」

久納の指先は的確に真琴の弱い部分に触れてきた。跳ね上がる腰を優しく押さえ、久納はその一点を狙《ねら》って攻めてくる。彼の指がそこを刺激するたび、真琴は我慢出来ずに張り詰めた中心の先端から蜜を滴《したた》らせた。

久納は慣れた手つきで真琴の身体を開いていく。男を相手にしても戸惑うことなく、それどころか巧みに快楽を引き出していることから、久納の過去の相手を連想してしまい、少し気持ちが沈む。

久納は魅力的な男だ。共にパーティに出席した時も、会場内の女性たちの視線を一身に集めていたし、事実もてるのだろう。過去の恋人たちをこの目で見たわけではないが、久納ほどの男の隣に立つのだから、恋人たちは見た目も中身も人より優れた人物だったに違いない。自分よりもずっと。

そんなこと、わかりきっていたはずだ。

恋人でもないのに何をそんなに気にするのだと思うが、久納が他の人間と肌を合わせたことを思うと悲しくなる。

しかし、そんなことを考えていられたのもほんのわずかな間だった。

「やめ、あぁっ」

すぐに後ろへの刺激だけで達してしまいそうになり、別のことを考える余裕などなくなる。真琴はシーツを握り締め、襲いくる快楽の波に堪えようと身を固くする。

「あ……っ」

　すると後孔《こうこう》から突然指が引き抜かれた。絶頂に近いところで急に放り出され、解き放たれることのなかった欲望が渦を巻き真琴を苦しめる。

「そのまま力を抜いていろ」

「はっ、あぁ……っ！」

　足を抱えられ、熱くなった久納の中心が蕾《つぼみ》を押し開き中へと入ってくる。彼が進むたびジワジワと押し広げられる感覚に、真琴は言いようのない興奮を覚えた。

「あんっ、んっ、はっ」

　緩く腰を動かされ、焦れったさに身もだえる。もっと深いところで彼を感じたくて、まるでねだるように引き締まった腰に足を絡めた。

　自分がどれほど恥ずかしいことをしているか自覚はある。でも制御《せいぎょ》出来ない。久納を求めることを。自分の心を誤魔化すことはもう出来なかった。

　真琴は久納の動きに合わせるように腰を揺する。嫌がられるかも、と微かに頭に浮かんだ不安は、久納が激しく腰を使ってきたことで吹き飛んだ。

「あぁっ！　あっ、あっ！」

　奥深くまで抉《えぐ》るように穿《うが》たれ、頭が真っ白になる。常に絶頂を迎えているかのような快感に襲われ、真琴の中心からは奥を突かれるたびに白濁《はくだく》が散る。

「はぁっ、ぁっ」

目が合った途端、重ねられる唇。

息が上手く出来なくて苦しいのに、充足感が胸に広がる。

久納は優しかった。

一見乱暴なようでも、真琴を傷つけるようなことは決してしない。自分勝手でなく、ちゃんと真琴の反応を確かめながら進めてくれた。真琴のしたいように、されたいように。

だからまた涙が止まらなくなる。

優しくなんて、してくれなくてもよかった。自分は久納を傍に感じられればそれでよかったのに。何をされても抵抗はせず受け入れるつもりだったのに、彼は優しくしてくれる。

そんなこと、望んでなかったのに……。

戯れに肌を合わせたのなら、嫌いになれるくらい、ひどくしてほしかった。

だって離れがたくなってしまうではないか。この温かく心地よい場所から。

――このまま気付かないふりを続けたらどうなるだろう。

久納の正体に気付いていないふうを装い、ただ彼を想っていられたら……。

男の背中に腕を回ししがみつく。

彼にも自分だけを見てほしい。

真琴はこの時、好きな人に抱かれとても幸せだった。

涙が止まらないくらい、幸せだと心から思った。

翌朝。

真琴は久納が寝ているうちに、あらかじめまとめておいた荷物を持って部屋を出た。

入り口にいるボディガードの金髪の男が、早朝に一人で出てきた真琴を見てやや不審な顔をしたが、特に止められることもなくエレベーターに乗ることが出来た。そのまま脇目も振らず真っ直ぐドアを目指し、ホテルを出たところでスマホを取り出す。

アドレス帳から探し出したのは、刑事時代の上司の電話番号。探偵事務所を紹介してもらった後、二回ほど会って近況を報告したきり、もう一年以上会っていない。

真琴は画面を操作しながら歩き、ホテルの敷地から出たところで通話ボタンに触れた。

呼び出し音が、とても大きく聞こえる。スマホを握る手が震え、胸が痛くて痛くて、涙まで滲みそうになるのを、歯を食いしばって堪えた。

もう泣かないと決めた。

涙も心も、彼の元へと置いてきた。

今残っているのは、正義感だけ。それに従い、久納についての情報を伝え、しかるべき処置を取ってもらうために電話をかけている。

話の内容を誰かに聞かれるのを防ぐため、ホテルの裏手の人通りの少ない道へと入って行く。

『もしもし？』

一分近く経ってから、電話口から上司の声が聞こえてきた。

真琴はホッとしたような、悲しいような、複雑な心境になった。

「お久しぶりです、上杉です」

『久しぶりだな。元気でやってるか？』

「はい。おかげさまで、紹介していただいた探偵事務所で今も働いてます」

電話の向こうから「そうか」という安心したような呟きが聞こえてきた。

この人にはずいぶん世話になった。退職する時も何度も相談に乗ってもらい、引き止めてもらって、でも自分の意志を貫き刑事を辞めた時、再就職先まで紹介してもらった。まだ若かったあの当時、世話焼きなこの人をたまに鬱陶しく感じることもあったが、振り返って思えば、とてもいい上司に恵まれたと思う。

話し好きの上司から次から次へと近況を聞かれたが、真琴はそれを遮り本題を切り出す。

「今日電話したのは、四年前の豪華客船での武器密輸グループについて、有力な情報を摑んだからなんです」

上司が息をのむ気配が伝わってきた。真琴はスマホを握る手に力を込める。ここまできてまだわずかに躊躇ってしまう自分を叱咤しながら、先を続ける。

「今請《う》け負っている仕事の依頼主が、あの時の事件に関わっているようなんです。証拠の書類も手に入れました。会って話を聞いてもらえませんか」

『今、どこにいるんだ？』

上司の声が真剣みを帯び、ワントーン低くなる。真琴は上司に久納の滞在しているホテル名を告げようとした。

「今ちょうど主犯格の男が滞在しているホテルから出てきたところなんです。場所は……」

その時、突然手にしていたスマホを取り上げられた。驚いて後ろを振り返る。

けれどそこに立っていた人物を見て、真琴は警戒を解いた。

「大月さん」

「こんな早朝からお一人で何を？」

「今、刑事時代の上司に話をしていたんです。すぐに動いてくれるそうで……」

「ああ、そうでしたか」

大月はにこやかに微笑みながら、通話を切った。

「ちょ、何をするんですかっ」

真琴が大月の手にあるスマホを取り戻そうと詰め寄るが、彼は手を高く上げ取られまいとする。

「危ないところでした」

焦る真琴とは対照的に、大月はのんびりとした口調で言う。綺麗な笑みを湛えるその顔は、これまでと同じく優しそうに見える。

しかし大月の瞳を見て、背筋が寒くなった。凍り付いたように動きを止める。

　これまで大月が声を荒らげたところを見たことは一度もない。常に優しく親切に接してくれた。久納に振り回される自分を気遣ってくれ、すぐに心を許した相手。穏やかな彼が傍にいると安心出来た。しかし……。

　この時、真琴は初めて大月のことを怖いと思った。

　目が笑っていない。

　顔は笑みを形作っているのに、目がよどんでいる。ちぐはぐな顔をする男に恐怖を感じた。

　真琴は反射的に大月から身を離す。

　傍にいると何をされるかわからない。彼はそんな狂気じみた仄暗い空気を纏っていた。

「おや、どちらへ？」

「……来ないでください」

「久納には言ってないんでしょう？　駄目ですよ、無断で外出しては。外は危険がいっぱいなんですから」

「な……っ！」

　いつの間にか背後に忍び寄っていた男たち。がっしりとした身体つきの男二人に両脇を抱えられ、引きずられるようにしてすぐ近くに停車していた車に押し込まれる。

「やめろ！　離せっ！」

　身の危険を感じ、真琴はなんとか車から降りようと暴れた。しかし、ワンボックスの車の中にはさらに仲間の男が二人待機していて、四人がかりで押さえ込まれる。

「少し静かにしていてもらいましょうか」

助手席に乗り込んだ大月が、足を組みながら言う。

次の瞬間、頭に強い衝撃を感じ、目の前が真っ暗になった。


「う……っ」

真琴は頭痛で目を覚ました。起き上がろうとして、身体が動かせないことに気がつく。目を瞬かせ、自分の身体がどうなっているのか確認した。

「なんだ、これ」

真琴は冷たく固い埃《ほこり》まみれの床に寝かされていた。両手は後ろ手に縛られ、両足も同じく縄できつく縛られている。ためしに力を入れてみたが、解けそうもない。

反動をつけ、なんとか身を起こす。周りを見渡してみても、全く見覚えのない場所だった。建物の造りから、どこかの広い倉庫のようだと推測する。

自分がどうしてここにいるのか、痛む頭で考え、そして大月に車で連れさられたことを思い出した。

——どうしてこんなことをしたのだろう。

昨日、大月から久納のことで相談された時は、とてもショックを受け落ち込んでいるように見えた。久納についての処遇も任せてくれると言っていたはずだ。

それなのに、通報しようとしていた自分を止めたということは、久納に見つかったのだろうか。それで怒った久納が真琴を連れ去るように大月に命じた？

そう考えるのが妥当だろう。

しかし、真琴はどこか釈然としない。理由は大月のあの目。とても命令されて仕方なくやっているような人間のものではなかった。

それなら、大月はなぜ自分をさらったのだろうか……。

考えを巡らせていると、どこからか足音が聞こえてきて正面のドアが開いた。

「お目覚めですか」

自分を見てにこやかに微笑む男。大月は人相の悪い男を二人引き連れ、中に入ってきた。

大月の笑顔はいつも見ているものと同じもので、この状況でも同様に振る舞える男に、気味の悪さを感じる。

「頭は痛みますか？　すみません、静かにしていただきたかったもので、少々乱暴な手段を取らせていただきました」

大月は靴音を響かせ近づいてくる。そして手に持っていたカップを真琴の前に置いた。辺りにコーヒーの香りが広がる。

「どうぞ。私の淹れたコーヒーがお好きだとおっしゃってましたよね」

真琴は括《くく》られた足を動かし、カップを蹴り飛ばす。カップはソーサーもろとも数メートル先まで吹っ飛び、音を立てて無残に割れた。

「ずいぶん乱暴なことをされるんですね。せっかくあなたのために淹れてきたのに」

大月はわざとらしく悲しそうに目を伏せため息をついた。なんの茶番だ、と怒鳴りつけたくなる。

「ここはどこだ」

「すみません、それはお教え出来ないんです」

「どうして僕をさらった？　何が目的なんだ？」

「真琴さん、落ち着いて」

――こんな状況で落ち着いていられるか！

真琴が何を聞いても大月はのらりくらりとはぐらかすばかりで、肝心なことは教えてくれない。だんだんと苛立ちが募ってくる。その気持ちをそのまま大月にぶつけてしまいたかったが、感情のままに喚いても事態は好転しないだろう。

「久納の差し金か？」

久納の名前を口にした途端、大月の顔色が変わった。見る見る表情が消えていく。

大月は抑揚《よくよう》のない声で答えた。

「久納は関係ない」

彼らしからぬきつい口調。真琴は直感で久納の話題が大月のウィークポイントだと悟る。

「よく考えれば、一番近くにいるあなたが久納のしていることに全く気がつかないはずがない。うかつだった、昨日、話を聞いた時に手を組んでいると気付くべきだっ……」

「関係ないと言ってるんだ！」

真琴の言葉を遮るように、大月は大声を張り上げた。それでもかまわず先を続ける。

「あなたは久納の右腕。彼の忠実な部下だ」

「やめろ。私は忠実な部下を演じていただけ。復讐《ふくしゅう》のために傍にいたにすぎない」

「……復讐？」

大月の口から意外な単語が飛び出した。

真琴が見る限り、大月は久納に常に従っていた。言わなくても彼の考えていることがわかっているかのように、久納が指示する前に先回りして行動する。そしてそんな大月を、久納も信頼し傍に置いているようだった。

けれど久納の名前を出すたび、優しげな大月の容貌はどんどん険しくなっていく。

「そうですね、あなたには聞く権利がある。あなたも久納の被害者なのだから」

大月は口元だけでニヤリと笑う。それだけで鳥肌が立つ。

隅に立てかけてあったパイプイスを真琴の前に持ってくると、大月はそこに腰を降ろし目を細めて話し始めた。

「……六年前、私には婚約者がいました。幼なじみの彼女はとても優しい女性で、困っている人を見ると自然と手を差し伸べるような人でした。とても幸せでしたよ。本当に。今でも夢に見る」

大月は、婚約者のことを語る時だけ穏やかな顔に戻っていた。

「ですが、一瞬でその幸せは終わりを告げました。当時私は日本の貿易会社に勤務していて、その日は海外に出張中だったんです。仕事中に彼女が亡くなったという電話が入りました。急いで帰国した私を待っていたのは、棺《ひつぎ》の中で眠る彼女でした」

その時のことを思い出しているのか、大月は膝の上で両手を握り締めていた。力を込めすぎて震えるほど。

真琴はこんな状況だが、大月の気持ちが痛いほどわかってしまった。大切な人を失う悲しみ。何も出来なかった自分への憤り。自分があの時こうしていれば、という仮定ばかり思い浮かべる。

彼はふいに笑った。怒りを湛えながら。そのアンバランスさが、大月の精神状態の危うさをそのまま物語っているように感じ、真琴は息を詰める。

「彼女はね、銃で撃たれたんです。会社の近くで暴力団絡みの揉め事が起きて、たまたま外へ出た彼女はその流れ弾《だま》に当たってしまった。なんの関係もない彼女に……。結局撃った犯人が誰なのか、はっきりとはわかりませんでした」

そこで一旦話を切り、舌で唇を湿らせる。

「彼女を殺した相手が憎くて憎くて、でも誰だかはっきりしない。やり切れなかったですよ、あの時は。何もする気が起きなくて、会社も辞めて毎日顔もわからない犯人を恨んでました。そうしてしばらくして、一本の電話が入ったんです。どこの誰だか名乗りませんでしたが、その方は諸悪の根源は久納だと教えてくださいました。久納は表向きは貿易商だけれど、裏では銃や麻薬の売買をしている、でも巧妙に偽装している上に警察にも金を握らせているから捕まらないのだ、と言われました」

大月はイスの背もたれにもたれかかった。

「後はわかるでしょう？　私は久納の会社に入りました。彼の信頼を得て秘書として言うことを聞きながら証拠を集めようとしましたが、久納はなかなかしっぽを出さない。そんな時、また電話が来たんです。久納を葬《ほうむ》りたいなら、必要な証拠を作《かた》ればいいと。そのために協力すると言われ、私は申し出を受けました。その日から久納の名を騙り、銃器密輸を始めたんです。質の悪い銃で。彼のサインを真似《まね》て取引の書類を作成したので、粗悪品を高値で売り付けられたと知った客は久納を恨み、何度かその身に危険が及びました。ですが、つくづく悪運の強い男で、いつも大事には至らない。そのたびに私がどれほど落胆したことか」

大月が隠し続けてきた目的を聞かされ、真琴は啞然《あぜん》とした。

誰が聞いたって怪しい話だ。大月がいいように利用されているとしか思えない。

大月のような頭のいい男が簡単に騙されてしまうほど、婚約者の死がショックだったのかもしれない。

大切な人を失った悲しみはわかるし、同情もする。

けれど大月の話から考えるに、久納が犯人だという物的証拠はない。あるのは正体のわからぬ人物からの電話だけ。

それだけで久納を犯人だと決めつけ、彼を恨むのはどうかと思った。その疑惑を大月にぶつける。

「久納さんが密輸をしている証拠はないんだろ？　会ったこともない人間に電話で言われたことを鵜呑みにするのはどうかと思う。いいように使われているだけじゃないのか？」

真琴の指摘にてっきり激高《げっこう》するかと思ったが、予想に反し彼は冷静だった。

「そのことでしたら、ご心配なく。ここにいる彼らを私につけてくれているのが、その電話の主であり、私の協力者です。彼らは私にとてもよくしてくれていますよ」

真琴は大月の後ろにいる、堅気《かたぎ》には見えない風体《ふうてい》の男たちに視線を走らせる。とても信用に足る人物には思えなかった。

やはり大月が騙されている気がしてならない。久納が武器密輸に関係しているというのも疑わしい。もしかしたら、濡れ衣《ぎぬ》を着せられている可能性もある。

「この日をずっと待っていました。あの男に復讐する機会を、ずっと窺っていたんです。そのために、これまで何度もあなたを連れ去ろうとしましたが、用心深い久納はあなたを一人にはしなかった。だからあなたが自ら久納の傍を離れるよう、揺さぶりをかけたんです。あの書類を使って」

話しながら、大月が一歩ずつ近づいてくる。

「久納へ復讐するためだというのはわかった。だが、それと僕を拉致《らち》したことはどう繋がるんだ？」

「同じ苦しみを味わわせてやりたいからですよ。大切な人を失う悲しみを与えてやりたい」

「僕は依頼されて恋人役を演じていただけだ。僕に何かしても彼はなんとも思わない」

大月は不思議そうに首を傾げる。

「まさか、気付いてないんですか？　本当に？」

「何をだ？」

大月がなんのことを言っているのかわからず顔をしかめると、彼は突然笑い出した。乾いた笑い声が広い倉庫内に反響する。

「さて、話はこれで終わりです」

大月が目配せすると、入り口付近で待機していた二人の男が歩み寄ってきた。床に座っている真琴を立たせ、前置きもなくベルトを抜き取りファスナーを下ろす。ギョッとしているうちに足首まで下着と一緒にズボンを下げられた。

「なにをするつもりだっ」

突然のことに狼狽していると、背後に回った男に抱きかかえられ無理矢理立たされる。もう一人の男は真琴の足元に膝を突き、眼前にある真琴の中心をいきなり口に含んだ。生温かい感触に怖気《おぞけ》が走る。

真琴が腰を捩って逃れようとすると、正面のイスに座って眺めていた大月が鼻で嗤った。

「一つ大事なことを言い忘れていました」

大月は退屈していたところに娯楽を見つけた時のような、心底楽しそうな顔をしていた。

「あなたとは以前にも会っているんです。四年前に、あの豪華客船で。私もあの場にいたんですよ。

最後まではいませんでしたが」

ここでようやく、記憶の中の声と大月の声が合致《がっち》する。

いくら薬の影響で当時の状況は朧ろ気にしか覚えていないといっても、どうして今まで気がつかなかったんだろう。自分の馬鹿さ加減に呆れてしまう。

大月が誰だかわかり、真琴の身体が小刻みに震え出す。

「お前があの時の男だったのか……！」

「ええ、あの時の取引も私が取り仕切ってました。久納は何も知りません。もちろん、あなたにお見せした帳簿も私が作成したものです」

彼は綺麗に微笑んだ。そこに悪意は感じられない。人にあれだけのことをしておいて、罪悪感の欠《かけ》片《ら》もない様子に真琴は絶句した。これは本当に自分の知っている大月なのかと疑ってしまう。

大月は硬直している真琴に近づいてきた。身を寄せ耳元で囁く。

「あなたの先輩には申し訳ないことをしました。でも、だからこそ、私の気持ちがわかるでしょう？大切な人を突然奪われた悲しみが」

大月の指が、つうっと太股《ふともも》をなぞる。

「私たちを苦しめているのは久納です。久納に恨みを持っている者同士、手を組みましょう」

――何を言っているんだ？

大月の言っている意味が全く理解出来ない。

苦しめているのは大月自身じゃないか。どうして全てのことを久納に結びつけるのだろう。

――矛盾している。

銃で大切な人を奪われたというのに、大月がしていることは、その銃を世界中に広める結果になっている。

そのことにどうして気付かないのか。

大月は真琴の心中など全く意に介さず、自分勝手な提案をしてきた。

「私に協力すれば、ひどいことはしません。ちゃんとよくして差し上げますよ」

大月の手が腰の辺りを撫でた後、後ろに回る。尻の狭間に沿って指を下げていき、蕾に触れた。

「痛っ……！」

「大丈夫、すぐによくなりますから。一緒に楽しみましょう」

大月はゆっくりと後孔へ指を挿入させてきた。濡らしてもいないそこは、指一本受け入れるだけでも引き攣《つ》れるような痛みを伴う。

あまりのきつさに断念したのか、大月がドアの外の見張りに潤滑剤《じゅんかつざい》を持ってくるよう指示する。

「女性とは違いますものね。でもこれを使えば大丈夫ですよ」

見張りに持ってこさせた小瓶《こびん》を、真琴の目の前で軽く振る。

大月は瓶の蓋を開け、中に入っている透明の液体を手に取り、再び蕾に指を這わせてきた。性急な行為でも、潤滑剤の助けを借りて大月の指はすんなり中へ収まる。彼は真琴の身体を気遣うこともなく、遠慮なしに中をかき混ぜるように激しく指を動かした。

「あぅっ、く……っ」

濡れた音が真琴の耳にも聞こえてくる。

大月に後ろをいじられ、前は別の男の口に含まれているという状態にもかかわらず、真琴の中心は全く無反応だった。それに大月も気付いたらしい。急に不機嫌になり指を引き抜いた。

「困りましたね。ちゃんと感じてもらわないと。これじゃあいい映像が撮れない」

「映像……？」

「あなたが男と絡んで乱れているところを撮って、久納に送るんです。きっととてもショックを受けるでしょうね。ああ、出来ればその時の顔を見てみたい。あの男が傷つく顔を」

そう夢心地で語る大月は、もはや真琴の全く知らない男になっていた。

「あなたが他の男に抱かれて、よがればよがるほど、久納は傷つく。だからあなたにはもっと気持ちよくなってもらわなくてはならないんです」

「僕にこんなことをしても、久納さんを傷つけることは出来ない！」

真琴のその言葉で大月が何事か考え始めた。

自分の思い違いに気付いてくれたのだろうか。

しかし、大月が考えていたのは全く別のことだった。

「指じゃあ満足出来ない、ということですね。そこまで男好きだとは」

無反応な真琴に対し、大月は勝手な解釈をすると自らのスラックスの前をくつろげ、おもむろに中心を取り出す。目の端に入ったそれは反応を示しておらず、そのことにやや安堵した。

「口でしていただけませんか？」

大月は日常会話をするようなトーンで、とんでもない要求をしてきた。もちろん真琴が同意するはずはない。全力で首を左右に振った。

「してください。でないと、あなたのことも気持ちよくしてあげられませんよ」

大月の指示で背後にいる男に跪かされ、下肢に顔を埋めていた男には頭を固定された。逃げられない状態で、大月に頬を摑まれ強引に口の中へ萎《な》えた中心を押し込まれる。

「ぐっ……うっ」

「ちゃんと舌を使ってください」

このまま嚙み切ってやりたい。だが、この状況でそんなことをしたら、確実に自分は消される。証人である真琴が消えたら、また彼らは野放しになり新たな犠牲者が出るだろう。それは阻止しなくてはならない。

真琴はなんとか衝動を抑え目を瞑り口を開く。それだけで精一杯だった。

大月は真琴が協力しないとわかると、自分で前後に腰を動かし始めた。徐々に固くなっていく口の中の中心。好き勝手に動くので、切っ先で喉を突かれえずいてしまった。

「げほっ、げほっ」

「下手ですね。まあこのくらいでいいでしょう」

真琴は男たちの手によって、床に押しつけられ、うつぶせの格好で尻だけ高く上げられた。苦しい体勢を強《し》いられた上に砂埃で覆われた床に顔を押しつけられて、惨めさが込み上げてくる。

「私のを咥《くわ》えて、興奮したんですか？　物欲しそうにヒクヒクしてますよ」

「や、やめろっ」

「ほら、欲しいですか？」

大月は真琴の蕾を先端でなぞる。ヌルヌルとした熱いものが行き来する感触がおぞましく身体を揺らすが、それが面白いのか大月はすぐには入れず、固くなった中心で執拗にそこをつついたり撫でたりしてきた。

「男が欲しくてたまらないくせに、強情ですね」

「ひっ、やめ……っ」

その時、ドアの外から人が言い争うような声が聞こえてきた。

大月にも聞こえたようで、男の一人に向かって様子を見てくるよう指示を出す。

――もしかして助けが来たのか？

さらわれる直前に警察に勤める元上司に電話している。会話の内容と不自然な電話の切り方から、真琴の身に何かが起こったと察してくれたのかもしれない。

真琴の胸に淡い期待が広がるが、それも再び開いたドアの向こうに先ほどの男が立っているのを見て打ち砕かれる。

「外の様子は？」

「い、いえ、その……」

「どうした？」

男の様子がおかしい。顔色が悪くしどろもどろだ。大月も訝しそうな顔をしている。

真琴は這いつくばったまま視線だけドアの方に向けた。

「おい？」

大月が一歩踏み出すのとほぼ同時に、戸口の前に立つ男が吹っ飛んだ。勢いよく数メートル先の床に顔面から突っ込む。

大月ともう一人の男は、何が起こったのかわからず目を白黒させているようだった。

「ど、どうしてここが……」

大月がドアの向こうを凝視し、後ずさりする。真琴の位置からでは大月の顔まで見えなかったが、声色から彼の動揺が伝わってきた。

「大月、ここで何をしている？」

低く通る声。

怒鳴っているわけでもないのに、静かな声が持つ迫力に圧倒される。

聞き覚えのある声に、真琴はドアの向こうに目を凝《こ》らす。そこに立っていたのは、思った通り久納だった。

久納はいつもと同じく上物の三つ揃《ぞろ》いのダークスーツを着て、涼しい顔で室内をぐるりと見回した。しかし床でうつぶせになっている真琴に気がつくと、飄々としていた顔が一変し、淡褐色の瞳を細め眉間に皺を寄せる。その顔はまさに怒りの表情。ここまで怒気を湛える久納を見るのは初めてだった。

「……何をした」

「は？」

「彼に、何をしたんだ」

久納は硬直している大月に向かって、腹の底から絞り出したかのような重い声で問う。

大月は久納の気迫に押されて始めこそたじろいでいたようだが、すぐに持ち直し、悪びれもせずに己の所行を口にした。

「見ておわかりになりませんか？　二人で楽しんでいたんです。私は男性とセックスするのは初めてでしたが、真琴さんはずいぶん手慣れてらっしゃいますね。録画してあるので、よろしかったら記念に差し上げましょうか？」

久納の纏う空気がいっそう剣呑なものに変わる。

彼の怒りが部屋中に広がり、真琴でさえもその空気にのまれ口を挟むことが出来なかった。

それなのに当の大月は平然と続ける。

「そうだ、真琴さんがどうして四年前、突然船から姿を消したか、あなたは知らないですよね。私が何が起きたか、事実を報告しなかったから。あの時、警察が突然乗り込んできた本当の理由は、真琴さんが私たちの取引を目撃したからなんです」

「取引？」

「あなたの裏の商売、銃器の密輸です」

「………」

久納は肯定も否定もしない。難しい顔で黙り込んだ。

「あと少しなんですよ。私はずっとこの時を待っていた。あなたを失脚させる日を」

大月の声は弾んでいた。虚勢でもなんでもない。目的達成を目前にして恍惚《こうこつ》とする声に、冷たいものが真琴の背筋を伝う。

「……話は終わりか」

大月の話が途切れたのを見計らい、久納が一歩前に踏み出す。ゆっくりとした足取りで、続けて二歩三歩と大月に向かって歩みを進めた。

「止まれ」

久納は大月の制止を無視して距離を縮める。無言の気迫が伝わってきて、大月の声が真剣みを帯びた。久納が進む分だけ大月は後退する。そして床にうつぶせる真琴と横並びになった時、倉庫中に響き渡るほどの大声を張り上げた。

「止まれと言ってるだろ！」

それまで大月の言うことなどいっさい聞き入れなかった久納が、ようやく足を止めた。大月の怒鳴り声に怯むような男じゃない。

久納が眉間に皺を寄せ睨んでいる先——大月の右手には拳銃が握られていた。そしてその銃口は、足元にいる真琴の頭に向けられている。

「そうだ、それでいい。さて、それじゃあ隠し持っている武器をこちらに渡してもらいましょうか。嘘をついたって無駄ですよ。私はあなたの一番近くにいた人間です。あなたの行動パターンは把握している」

久納は無言でスーツの上着を脱ぎ捨てた。ドサリと重い音がして、ポケットに何かしらの武器を忍ばせていたことが窺える。次にベルトに挟んで背中に隠していた小型ナイフを取り出し床に落とした。

銃を突きつけられたことで動揺していた真琴は、そこで我に返り久納に向かって叫んだ。

「やめてくださいっ。僕なら大丈夫ですから！」

いくらなんでも、銃を持った相手に素手で挑むのは危険すぎる。久納さえもどうなってしまうかわからない。

「逃げてくださ……うっ」

言っている途中で大月に顔を蹴られる。咄嗟に丸くなると、久納の怒声が耳に届いた。

「やめろ！　言われた通りにする。彼には手を出すな！」

自分を見下ろす大月と目が合ってしまい、その感情の窺えない冷たい瞳に頭の中で警鐘が鳴った。

――この男は本気だ。

本気で久納を殺そうとしている。そしておそらく自分も……。

今の状況の危うさが身に染みてわかった。なんとか久納だけでも逃がしたかったが、真琴が再び口を開くより早く、彼は最後のナイフをも投げ捨ててしまう。

「これで全部だ」

大月は後ろにいた男に、久納の武器を持ってくるように指示した。男が足元に落ちている上着に手を伸ばした瞬間、久納が男を蹴り上げた。

「おい！」

「ああ、悪いな。つい足が滑った」

男は仰向けに倒れ動かなくなる。

「なんのつもりだ？　彼がどうなってもいいのか？」

「そう怒るな。細かい男だな」

「なんだと！」

「この際だから私も言わせてもらおうか。お前はよく言えば慎重だが、私から見ればただの小心者だ。気付かれないようにしていたつもりらしいが、臆病ゆえに私の顔色を窺いすぎて、お前が何か隠しているのはすぐにわかった。だが、どうせ小物ごときが一人で大それたことなど出来るはずがないと、放っておいたんだ。お前のように器《うつわ》の小さな男には、誰もついて行かないだろうしな」

よく聞き慣れた、人を食ったような小馬鹿にした声のトーン。大月は顔を怒りで赤く染め、ブルブルと震え出す。

「私だって人を動かせる。現に、あなたの代わりに裏の仕事をしたり、今回だって協力者が……」

「はっ、どこまで愚《おろ》かなんだ。結局私の名前を出さないと銃一丁まともに取引出来ないじゃないか。その協力者とやらも、お前だから力を貸したわけじゃない。お前が操《あやつ》りやすそうに見えたから、利用するために近づいただけだ。使えなくなったら手の平返したように離れていくさ」

「う、うるさいっ！」

大月が拳銃を久納に向けた。ふうふうと荒い呼吸を繰り返し小刻みに震える人差し指は、いつ引き金を引いてもおかしくない状態だ。

大月の尋常ではない様子を見て、真琴は血の気が引いた。対して久納は、銃口を向けられてもなんとも思っていないようで、なおも大月をからかい続ける。

「やめておけ。お前、一度も銃を撃ったことがないだろう」

「あるさ」

「なら撃ってみろ。ちゃんと当ててろよ」

「うわあぁっ！」

大月が狂ったように叫び、それと同時に二発の銃声が響いた。耳を劈《つんざ》くような音に、反射的に身を竦める。

しばらくして辺りに充満した硝煙《しょうえん》の匂いに、本当に撃ったのだと悟り、背筋を嫌な汗が伝った。

「下手くそが。よくそんな腕で銃を撃とうなんて思ったな」

「なんだと！」

平然と話す久納の姿を見て、真琴は胸を撫で下ろす。しかしそれも束の間、すぐにまた大月の神経を逆撫でするようなことを言い放ち、真琴はその悪態に青くなった。

大月は冷静さを失い、血走った目で久納を睨み両手で拳銃を構える。

「くそぉっ！」

躊躇いもなく引き金に指をかけ、また一発銃声が響く。

「ふっ、どうした。この距離で当てられないなら、もっと近くに行ってやろう」

「来るなっ！」

「どうした、震えてるぞ。狙いやすくしてやってるんじゃないか」

「近寄るなって言ってるだろぉ！」

大月が絶叫と共に再度久納に向けて発砲する。

初めて久納が数歩後ろへよろめいた。

「久納さんっ」

ポタリと床に血が落ちる。それは一滴では終わらず、久納の左の太腿から滲み出た血液が、床を赤い斑点《はんてん》模様に染めていく。

大月は足を押さえて俯く久納を見て一瞬呆然とし、やがて高笑いを始めた。

「ははは っ！　どうだ、私だって銃くらい使えるんだ！」

初めて人を撃ったことに興奮しているのか、久納が言葉を発するまで大月は壊れたように笑っていた。

「私を殺すんじゃないのか？　撃ったのは足じゃないか。頭か心臓を撃つことも知らないのか？」

「く……っ！」

大月の顔が歪み、あからさまな憎しみを込めた瞳で久納を真っ直ぐ睨《ね》めつけ、またも銃を構える。

久納に向かって伸ばされた右腕は、もう震えていなかった。

「死ねぇぇっ！」

真琴は無我夢中で立ち上がり、大月に体当たりした。

ガァンと鳴り響く銃声。

次の瞬間、右腕が熱くなった。

「うっ……！」

真琴は大月もろとも床に倒れ込む。

しかしすぐさま起き上がり、大月の上に乗り動きを制した。

「どけっ！　邪魔するな！」

「大人しくしろっ」

じたばたと暴れる大月に出来る限り体重をかける。両手は後ろで縛られているし、足首の拘束もそのまま。上手く動けない中、大月を逃がすまいと全身を使って押さえ込む。

「大丈夫かっ？」

真琴が奮闘していると、すぐさま久納が加勢に駆けつけてくれた。彼の無事を確かめ、一瞬気が緩む。そのわずかな油断を突かれ、大月に思い切り突き飛ばされた。

鈍い音が頭の中で響く。

なぎ払われた拍子に、床に頭を打ち付けたようだ。

「あ……」

ぼやけた視界に、久納が大月を蹴り飛ばす光景が映った。その後、すぐさま駆けてきた久納が真琴の顔を覗き込み、そして焦った顔で手を握り締めながら何か言ってくる。けれどまるで水の中にいるかのようになって、よく聞き取れない。

久納は繰り返し何かを語りかけてきた。いつもの取り澄ました表情からは想像がつかないくらい、必死な顔で。

――よかった。

また自分のせいで大切な人を失ってしまうのかと思い、とても怖かった。

でも、久納はちゃんと生きている。それだけで十分だ。他はどうでもいい。彼が無事なら、それ以上は何も望まない。

ただ、彼の声がとても悲痛な響きを含んでいることだけが気にかかった。そんな悲しい声を出させてしまっていることに、とても胸が痛む。

——そんな顔をしないでほしい。

彼の心からの笑顔が見たい。

それだけが心残りだった。

「ん……」

真琴が目を開けると、見慣れぬ白い天井が映った。自宅の天井でもなく、探偵事務所の仮眠室の天井でもなく、ホテルの天井でもない。まだ覚醒《かくせい》しきっていないのか、ぼんやりする頭でここがどこなのか考えていた。

「気がついたか」

室内はとても静かで誰もいないと思い込んでいたから、すぐ近くで声が聞こえたことに飛び上がらんばかりに驚いた。真琴は反射的にそちらに顔を向け、自分が横になっているベッドの傍らに久納の姿を見つけて目を見開く。

「久納さん、どうしてここに……痛っ」

まだ状況がのみ込めておらず、慌てて起き上がろうとして身体のあちこちに痛みが走った。身を起こしかけて顔をしかめた真琴を、久納が優しくベッドに押し戻す。

「まだ寝ていろ」

諭すような声音で言われ再びベッドに横になると、久納が甲斐甲斐《かいがい》しくずれたブランケットを直してくれた。

真琴の目の前にいる男は、固い表情をしている。一瞬、自分に怒っているのかと思ったが、そうではないらしい。言葉少なだが、久納の言動から気遣ってくれているのがわかった。

真琴はおずおずと尋ねる。

「ここはどこですか？　僕はどうしてここに？」

すると久納は眉間に皺を刻み、訝しげな視線を送ってきた。

「覚えてないのか」

「ええっと……」

そう言われて、真琴はまだはっきりとしていない頭で必死で何があったのかを思い出そうとした。

そして、自分が大月にさらわれたこと、暴行を受けたこと、そこへ久納が助けに来てくれたことを思い出す。

「足……、足は大丈夫ですかっ？」

久納が大月に左足を撃たれたことを思い出し、またも起き上がってしまった。けれど身体を起こすためにベッドに突いた右腕が痛み、庇うように肩の辺りを押さえ丸くなる。

「何をやってるんだ。私よりお前の方が重傷なんだ、休んでいろ」

「はい……」

そう返事をしつつも自分の傷よりも久納の方が心配で、いつまでも彼の左足を見つめていると、久納がため息を一つついた後で渋々教えてくれた。

「私の傷なら、弾は綺麗に貫通しているし、太い血管も神経も外れていたから、たいしたことはない」

「でも、痛むでしょう?」

「痛み止めを処方してもらったから、それほどでもない。歩けるしな」

「そうですか、よかったです」

歩行障害も残らないだろう、と言われ、真琴はひとまず安堵した。けれど久納はそれが気にくわなかったようで、きつい口調で咎めてきた。

「よくない」

「……そうですよね、すみません。僕のせいで怪我をさせてしまったのに……」

真琴が己の軽率な発言を後悔していると、久納は「そうじゃない」と苛立ったように頭を振った。

「違う、私のことはどうでもいい。そうではなく、惚れた男一人満足に守れなくて、よかっただなんて思えるはずがないと言ったんだ」

「…………え……？」

今、彼はなんと言った？

あまりにもさらりと口にされたため、真琴は自分の聞き間違いかと思った。聞き返そうとしても、久納は真琴に口を挟む隙を与えぬ勢いで話し続ける。

「それに謝るのは私の方だ。……すまなかった。部下の管理が出来ていなかった、私のミスだ。巻き込んでしまって、本当に申し訳ない」

久納は丸イスに腰掛けたまま、深く頭を下げた。

組織の上に立ち、人を動かす立場にいる男が、自分に頭を下げている。

「大月はもう二度と、お前の前に現れることはないだろう」

久納の声が冷たく響く。

「久納さん、頭を上げてください」

真琴は痛む身体を引きずるようにしてベッドから身を乗り出し、久納の肩に触れた。しかしなかなか頭を上げてくれない。真琴はもう一度、今度は声に力を込めて繰り返す。

「僕も聞きたいことがあるんです。頭を上げてください」

ようやく久納が面《おもて》を上げた。しかしその顔は、真琴が見てきたどの顔とも違った。おそらく大月に対しての怒りのためだろう、男の瞳は直視出来ないほどの鋭さを湛えている。

真琴は普段と様子の違う久納に内心動転しながらも、質問を投げかけた。

「……僕が意識を失った後、何があったんですか？」

じっと見つめられ、真琴はその射るような眼差しにたじろぎながらも、久納の次の言葉を待つ。

「あの後……お前が倒れた後、頭に血が上って大月を立てなくなるほど殴った。途中であらかじめ私が呼んでおいた部下が来たから、大月とその仲間の男共を取り押さえ、やってきた警察に引き渡したんだ。そのうちの一人は、お前の知り合いだと言っていた」

知り合いの刑事というのは、おそらく拉致される前に電話で話していた元上司だろう。なんとか行方を突き止めてくれ、助けに来てくれたのだ。

「探偵事務所の人間も一緒だったな。おそらく、彼らから聞いたんだろう。滞在先のホテルから痕跡を辿ったのかもな」

ここまで聞いて、ことの経緯はおおよそ摑めたが、それ以上に新たな疑問も出てきてしまった。

「久納さんはどうして僕の居所がわかったんですか？」

久納には行き先も何も告げていない。出て行く時に、部屋の外に立っているボディガードには姿を見られたが、どこへ行くかは聞かれなかった。そんな状況にもかかわらず、誰よりも早く駆けつけたことが不思議だった。

真琴がそのことを口にすると、これまで饒舌《じょうぜつ》だった久納が言いよどむ素振りを見せた。真琴が返答を待っていると、言い逃れは出来ないと察したようで重い口を開く。

「靴だ」

「靴？」

「お前の靴に、発信機をつけておいた。朝起きてベッドにお前がいないとわかってすぐに、発信機の信号を確かめたんだ。そしたら不審な動きをしているから、何かあったとわかり後を追った」

久納は息継ぎもほとんどせず、一気に説明した。真琴は予想外のことすぎて言葉を失ってしまう。どうしてそんなことをしたのか、と問う前に、久納自らその答えを告げてきた。

「再会してから、ずっとどこかで恐れていたんだ。またどこかへ行ってしまうんじゃないかと……。何も言わず、ある日突然姿を消される気がしていた。……ずっと誰かを想っていただろう？　そのために私が持っている情報を知りたがったし、私に抱かれたのもそのためだとわかっている」

久納が目を伏せ、自嘲気味に笑う。

真琴は何から言えばいいのか、言葉も考えも整理出来ない。一度に色んな情報が入りすぎて、混乱していた。そして迷った末に、まず原点に戻ろうと思った。ねじれて絡まった糸を戻すには、少しずつ解いていくしかない。

「僕のことを調べたんじゃないんですか？」

「調べたさ。あの船でボーイをしていた『佐々木直斗』を。四年前、初めて会った時は調べるつもりはなかった。そんな姑息《こそく》な真似をしなくても、本人から直接聞けばいいと思っていたからな。けれど、お前はいきなり姿を消した。大月からトラブルがあって警察が調べに来ていると聞かされた後から、船内で姿を見なくなった。誰に聞いてもわからないと言う。だから、スタッフ名簿を見た。あの船は

付かなかったみたいだな」

「ああ。あの少し前に傾いた船会社を買ったんだ。会社の人事もそのままにして、経営権だけ握った。スムーズにことを運びたくて大事にしなかったから、しばらくは周りもオーナーが交代したことに気付かなかったみたいだな」

「あなたの？」

私が所有する船だったからな」

あの時乗り込んでいた船はイタリアの会社が所有する客船だと聞いていた。しかし、所有者が久納だということは知らなかった。真琴も当時調べたが、聞き覚えのない会社名義だったが不審な点は特に見当たらず、船の所有者自体は武器密輸には関わっていないと判断し、そこで調べを終えていた。

「……船を降りた後、お前のことが気になって名簿に記載された住所を調べた。しかし、そこには誰も住んでいなかった。佐々木と名乗る男が過去に住んだという痕跡もない。そこから躍起になって捜した。あらゆる手やツテを頼ってな。そうして、お前によく似た男を見たという情報を得て、探偵事務所に行ったんだ。そしてお前があの時のボーイだとこの目で確かめて、今回の依頼をした」

「その後、僕のことはどこまで調べたんですか？」

真琴は頭に浮かんだ疑問を口にする。どんな小さな疑問も残しておけない。彼とはちゃんと話し合わなければと思った。

久納ももう隠す気はないようで、正直に答えてくれる。

「調べなかった。これから二ヶ月も共に生活するのだから、その中で知っていけばいいと思ったから」

　これには真琴も驚いた。

「じゃあ、あなたが持っていた情報というのは？　僕がなんのためにあの時豪華客船にいたのか、そこで何があったのか、そして今僕が何をしようとしているか知ったから、情報を持っていると言ったんでしょう？」

「そこまで深く考えて言った言葉じゃなかった。なんとかして依頼を引き受けさせたかったから、船で偽名を使っていたことを持ち出してかまをかけてみたんだ。……それに付随して、私のことも思い出してほしかった、というのもあるが」

「嘘はつかない、と言ってましたよね？」

「ああ。だから嘘は言っていない。あの時のやり取りを覚えていないのか？　お前はなぜ私が偽名のことを知っているのか、どこで偽名を使っていたことを知ったのか、それを話すように言った。ただ名簿を見て調べただけだが、なかなか言わないでいたら、勝手に自分の知りたい情報を持っていると勘違いしたんじゃないか」

　あのあたりのことはよく覚えていない。ずっと追っていた事件に繋がる手がかりが摑めるかもしれない、ということに舞い上がっていたことだけは記憶にあるが、思い起こせば確かに久納はあの事件について一度も触れなかった。

　結果的に久納の近くに捜していた男がいたわけだが、自分が何も知らずに久納をマークしていたとわかったら脱力してしまった。

「……何があったか、聞いてもいいか？」

うな垂れる真琴を見て、久納が遠慮がちに尋ねてきた。

「聞いてもあまり楽しい話じゃありませんが……。全ては、あの四年前の夜が発端でした……」

真琴はこれまで誰にも語ることのなかった四年前の出来事を久納に話した。

あの時は刑事として潜入捜査をしていたこと。そして追っていた銃器密輸の取引現場を押さえたこと。しかし彼らを捕まえることは出来ず、逆に捕らえられ暴行を受けたこと。一緒に捜査に来ていた先輩が助けようとしてくれたが、重傷を負って今も意識が戻らないこと。そして、その時の犯人をずっと追っていたこと……。

思い出すだけでも辛い記憶。だから語ることも出来ず、誰かに打ち明けることも出来なかった。一人でずっと抱えてきた、重くて暗い過去だった。

真琴は途中、何度もつっかえ言葉を途切れさせながら話した。きっととても長い時間がかかったと思う。

久納は上手くしゃべれない真琴を責めるでもなく、黙って最後まで耳を傾けてくれていた。

「あの……」

真琴が話し終わっても、久納は無言だった。

なんの反応もないことに不安が募る。やはり聞いていて気分のいい話ではなく、それどころか自分のミスで同僚を危険な目に遭《あ》わせた真琴に、失望しているのかもしれない。

——話すべきじゃなかった。

真琴が後悔し始めたその時。

身体が大きな温もりに包まれた。逞しい両腕に捕らわれ久納の厚い胸板に顔が当たる。

突然のことに戸惑っていると、久納の呟きが頭上から落ちてきた。

「……すまなかった」

「久納さん？」

「それも、私のせいだな。大月の裏切りを……、いや、そもそもあの男が何か企んでいるとわかっていながら、泳がせてしまったのが間違いだった。まさか私が銃器密輸をしていると誤解しているなんて、思いもしなかった。お前と暮らし始めて間もなく、目録にない銃の入った積荷がある、と部下から電話が入った時に、よく調べておけばよかった。もっと早く手を打っていれば、こんなことにはならなかったのに」

久納の声は震えているように感じた。声だけではない。抱きしめる腕も、胸も、細《こま》かく揺れている。

脳裏にあの朝、きびしい顔で電話でやり取りしている久納の姿が蘇った。真琴はその時、久納の言葉を耳にし彼に対する疑惑を深めたが、久納は全く心当たりのない銃器が積荷に紛れていると報告を受け、慌てて事態の把握と収束に動いたのだ。

久納の悲痛を滲ませた低く掠《かす》れた声を聞き、真琴も胸が引き絞られるかのように痛み、そして安堵が込み上げてきた。

――やはり、彼は関係なかった。

久納は何も知らなかったのだ。

大月の所業を見逃していたことは失態だろうが、一連の出来事の責任を彼が一人で背負うことはない。

大月に同情する要素はあるかもしれないが、彼はやり方を間違った。当事者と直接対峙するわけではなく、無関係の人間を巻き込んで、自分と同じように大切な人を奪われ悲しみに暮れる人間を増やそうとした。それはとても重い罪。久納がここまで胸を痛めることはない。

「あなたのせいじゃないです」

これは真琴の本心。

自分が罪に問いたかったのは大月だ。久納ではない。

そう伝えているのに、久納は自分を責め続ける。

「いいや、私のせいだ。あの時点で大月を止められていたら、お前は心身共に傷つくことも、同僚に重傷を負わせることも、刑事を辞めることもなかったはずだ。ずっと憧れていたんだろう、刑事に。何もなければ今も正しい道を歩いていたはずだ」

今回のことで、久納を恨むとかそういった感情は湧いてこない。実行犯の大月は許しがたいが、久納を責める気持ちは全くなかった。

それでも久納は自分自身を許せないようだ。

でも、いくら言われても真琴には久納を責めることが出来ない。責めることで彼の気持ちが軽くなるとわかっていても。

真琴が久納の胸に顔を埋めたまま唇を嚙み締めていると、身体を離した彼に唐突に両手で頰を挟まれ上向かされた。

「この瞳に惹《ひ》かれたんだ。四年前のあのカジノで。金と欲にまみれた世界にあって、お前だけは纏う空気が違っていた。……この瞳に、私を映してほしかった」

久納が当時を懐かしむような目で見つめてきた。

その瞳が突如色を変える。背筋がゾクリとするほどの強い光を纏う。

「あの時から、ずっとお前が欲しかった」

それは彼なりの告白。

甘い言葉に包むことなく向けられる欲求に、真琴の心臓は止まりそうになった。

――思い出したい。

久納と初めて会った時のことを。

しかし、そう上手くはいかない。

真琴は久納の瞳をじっと見つめ返す。少しでいいから過去へ繫がる手掛かりがほしかった。

――もう彼を悲しませたくない。

真琴は引き寄せられるように自ら唇を寄せる。

唇が重なった瞬間、久納の身体がピクリと動いた。

一瞬だけの、触れるだけのキス。

久納は拒みはしなかったものの、真琴の脈絡のない行動にただただ驚いていた。理由を問われても、

「……どうしたんだ」

真琴にも答えられない。

ただ彼の悲しみを和らげたかったからか。それとも、自分が彼に触れたかっただけか……。

真琴は再び唇を重ねる。すると久納に肩を摑まれ引きはがされた。

「どういうつもりだ」

「どういうって……」

真剣な顔。怖いくらいに。怒らせてしまったかと思ったが、そうではないことにすぐに気付いた。

――怒ってるんじゃない。

目の前の男は、深く傷ついているようだった。

「もう私はなんの情報も持っていない。全部話した。何もかも。だから、こんなことをする必要はないだろう？」

何を言われているのかわからず呆然としてしまった。真琴が返答しなかったことで、さらに久納は暗い顔になる。

「もう私には利用価値はない。それとも、他に何か企んでいるのか？　それならこんな回りくどいこ

とをしなくても、そのまま言えばいい。なんでも言うことを聞く。お前のためなら」

真琴はそこでようやく我に返り「誤解です！」と叫んだ。

「僕がキスしたのは、打算からだと思ったんですか？」

「それ以外になんの理由がある？」

真顔で言われ、真琴は言葉に詰まってしまう。

この人は本当にこれっぽっちも自分が好かれている可能性を考えていない。そのことに今初めて気がついた。

真琴は何をどう言ったら伝わるか、頭を悩ませる。そして考えていくうちに、これまで一言も久納に自分の気持ちを伝えてはいなかったことに気付いた。

「……僕があなたのことを好きだから、とは考えないんですか？」

「…………は？」

「僕があなたのことを好きだと言ったら、どうするんですか？」

久納は目を見開き、真琴を凝視してきた。まじまじと見つめられ、堪えられなくて視線を逸らしたくなるが、ここで逸らしたらまた誤解を生むと思い我慢する。

久納はたっぷり真琴を見つめた後で、小声で「本当か」と聞いてきた。

「はい」

真琴がしっかり頷き返すと、久納に思い切り抱きしめられた。

「久納さ……」

苦しくて腕の中で身動ぐと、今度は久納の方から口づけてきた。先ほどとは違い、舌を絡め取られ深く合わされるキス。早くも真琴の下肢に熱が集まり出す。

真琴がぼうっとしている間に優しく押し倒され、久納もベッドに上がり込んできた。男二人分の体重を受けてベッドが軋む。その音で真琴は少し冷静さを取り戻した。

「ここ、病院ですよね？　こんなところで……」

久納が何をしようとしているのか悟った真琴は狼狽《うろた》える。聞こえているはずなのに久納は返事をしない。

薄手のブランケットをはぎ、真琴の身に着けている上下に分かれた病衣のズボンに手をかける。ウエスト部分がゴムになっているため、簡単に脱げてしまう。この時初めて下着を穿《は》いていないことを知った。

「無茶はしない」

安心しろ、と言って久納は露わになった中心に指を絡める。そこは先ほどの濃厚なキスですでに反応し始めていた。わずかに芯を持ち固くなった幹《みき》を軽く握りゆるゆると上下に動かされ、真琴の中心は久納の手の中であっという間に成長していく。

「あぁっ、ん……」

気を抜くとすぐに達してしまいそうだった。真琴は唇を噛み締め襲い来る快感に堪える。

「我慢するな」

「うっ、あっ」

震えながら必死に堪えていると、久納は一言そう告げ躊躇いなく勃《た》ち上がった中心を口に含んだ。温かい口内に迎え入れられ、心地よさに腰が溶けそうになる。目尻からは生理的な涙が零れた。

――不思議だ。

大月と仲間の男たちにされた時は、何も感じなかったのに。

気持ちよさよりも嫌悪の方が強かった。

していることは同じでも、相手が違うというだけでこんなにも身体と心が満たされる。

「う……、やっ、……あっ――!」

含まれてすぐ、久納の口の中に全てを解き放ってしまう。彼を引きはがすことも出来なかった。

「すみませ……っ」

息を弾ませながらも、真琴は自分のしてしまったことを詫《わ》びる。身を起こした久納は白濁を飲み干し口を開いた。

「私がしたかったから、しただけだ。気にする必要はない」

そう言われても、この恥ずかしい気持ちや申し訳なさはなくならない。そこでようやく、自分がしてもらってばかりだということに気付いた。

久納とは以前、二回ほどこういうことをした。といっても、一回目は途中までで、しかも合意とは言い切れないが、その時も彼は強引だけれど優しく扱ってくれた。今と同じように。

起き上がり、手を伸ばす。

恐る恐る久納の胸にそうっと手を当てた。

逞しい身体。この上物のスーツの下に、しなやかな筋肉に覆われた均整の取れた身体があることを、真琴はもう知っている。

――触れたい。

それは相手を想っているのなら、とても自然な感情だろう。

もう言葉だけでは満足出来ない大人なのだから、好きになった人のことを心だけでなく身体も、全て欲しいと思う。

久納を好きになって、久納に抱かれ、心ごと抱きしめられる心地よさを知り、もう他の人間に触れても感じなくなっていた。

――彼だけ。

久納だからこそ、この身体は反応する。

真琴は勇気を出して、震える指先で久納のシャツのボタンに手をかける。ゆっくりと時間をかけて、上から順番に外していった。

ところが、三つ目を外したところで、久納にやんわりと手首を押さえられ止められる。拒まれたと思い、身体が硬直した。

「そんなことをしなくていい」

嫌がられたと思ったのに、久納は穏やかな口調で諭すように言ってきた。久納の言っている意味がわからなくて、下から見上げる。

「私のことはいいから。身体が辛いだろう、もう休め」

久納は真琴が戸惑っているうちにブランケットをかけ、ベッドから立ち上がろうとした。

このままではうやむやにされてしまう。でもどう声をかけたらいいのかわからず、咄嗟に彼の手を掴んで引き止めていた。

「どうした？」

「あ……」

「傷が痛むのか？」

久納に顔を覗き込まれ、真琴は頭を左右に振り、違う、と伝えた。久納は訝しそうな顔をしている。

どう言えばいいのか、一生懸命考えた。

あなたに触りたい。もっと触ってほしい。抱いてほしい、なんて、とても素面《しらふ》で言えるようなセリフではない。たとえそれが本心だったとしても。

真琴は一人で顔を赤くする。

久納はきっとこれ以上するつもりはない。怪我をしている真琴の身を案じてくれているから。それなのに、素直にそれに従うことが出来ない自分。

恥ずかしいことに、今しがた放ったばかりだというのに、真琴の中心は久納を求めて熱くなり始めていた。

「久納さん……」

「どうした」

ひっそりと名前を呼ぶ。

真琴の様子がおかしいことで、久納はますます心配そうな顔になる。

それでもストレートに伝えることがどうしても出来なくて、真琴は久納をおずおずと見上げた。

——気付いてくれるだろうか……。

気付いてほしいと、切《せつ》に願いながら。

「久納さん……」

もう一度名前を呼んだ。

心臓の音がやけに大きく聞こえる。声は震えて掠れ、自分が緊張しているのだと悟った。

拒まれたらどうしよう。

好きな人に拒絶されるのは怖い。

それでも、求めてしまう。

真琴がじっと見つめていると、久納が徐々に眉間の皺を深くしていく。

名前を呼ぶばかりで用件を口にしない真琴の態度に、苛立っているのかもしれない。

「……どうなっても知らないからな」

「え……？　んぅっ」

次の瞬間、久納にのしかかられ嚙みつくような荒々しいキスをされた。急なことで一瞬驚いたが、すぐにキスに夢中になった。

「ふっ……、はぁっ」

自ら口を開き彼の舌を受け入れる。真琴も自分から積極的に舌を絡め、唾液《だえき》を啜った。

久納の手が上衣の下に潜り込み、胸の突起をダイレクトにいじってくる。強めに指の腹で潰され、鋭い快感が身体を突き抜けていく。

「あっ、あっ」

真琴の口から嬌声が零れる。久納はしばらく突起をいじった後、真琴の上で身体を起こすと無言でシャツを脱ぎ捨てた。彫刻のような完璧な身体が露わになり、無意識のうちに目を奪われていた。

久納は真琴の下肢を覆っていたブランケットをはぎ取る。彼の眼前に、反応して蜜を滴らせる中心をさらされ、羞恥で顔が赤くなった。

久納は真琴の中心に手を伸ばしてきた。ところが触ってもらえると期待していたのに、久納の指は中心を触ることはなく素通りする。え？　と思っていると、久納の手は後ろの蕾に触れてきた。思わずビクリと腰が浮く。

久納はその反応を見て一旦手を引き、そして真琴の目を真っ直ぐ見据えながら優しく尋ねてくれた。

「嫌か？　お前に負担をかけることはしたくない。遠慮せずに言ってくれ」

普段口調や態度はとても横柄だけれど、彼が本当は優しい男なのだともう知っている。彼のそんなところに惹かれたのだ。

真琴は恥ずかしさに堪え、「平気です」と小声で答えた。

久納は少し考えた後、「嫌だったらすぐに言え」と言い置き身をかがめる。しばらくして蕾に湿った感触がし、咄嗟にずり上がって逃れようとすると久納に腰を摑まれ引き戻された。

「傷つけたくないんだ。我慢しろ」

久納はやや強い口調で言い、再度後ろに舌を這わせる。そんなところを舐められるなんて全く考えていなかったので、真琴はただただ困惑した。恥ずかしくて恥ずかしくて、自分がされていることを直視出来ず、固く目を瞑る。

「ん、は……、はぁ……っ」

久納は執拗に蕾を舐め解す。今まで感じたことのないむず痒《がゆ》いような気持ちよさがそこから広がり、真琴は焦れったい刺激に我慢出来ずに腰を振っていた。

「久納さ……、あっ、も、もう……っ」

つい口をついて出てしまった。はしたなくもねだってしまったことに気付き、真琴はさらに赤くなる。しかし久納は真琴のそんな言葉もあっさり却下《きゃっか》した。

「まだ駄目だ」

「やっ、どうして？」

「まだ解れてない」

そう言うと行為を再開する。濡れた音を響かせながら蕾を舐め上げられ、真琴は苦しくて涙を流す。すでに中心は限界まで張り詰め、腹には先走りの透明な蜜が大量に滴っている。

「指を入れるから、痛かったら言え」

「ん……っ」

「大丈夫か？」

久納の長い指がゆっくりと中へ入ってきた。真琴は久納の質問に、小さく頷きを返す。

「ひぃっ、あぁ、あっ、あぁっ」

久納はすでに真琴の弱いポイントを熟知していた。集中的にそこを攻められ、真琴は痙攣したようにガクガクと全身を震わせる。

「だめっ、やぁっ」

目の前がチカチカする。このままでは熱が籠もりすぎて頭が沸騰《ふっとう》してしまう。

真琴は我慢出来なくなって、熱を解放するため自ら中心に指を絡め、後ろを久納にいじられながら前を自分で慰《なぐさ》める。はしたないことをしている自覚はあるのに、この状況に興奮すらしていた。

「あう、んっ、あんっ、ん——っ」

何度か上下に擦っただけで、あっけなく果ててしまい、濃い白濁が胸にまで飛び散る。身体を震わせ全てを出し切り、脱力してベッドに身を投げ出した。

真琴が酸素を求め胸を喘がせていると、久納の指が身体を撫で上げてきた。愛撫《あいぶ》とも言えない動きに戸惑う。久納は飛び散った白濁を指に絡め、それを滾《たぎ》った彼自身に塗りつけた。

「力を抜いていろ」

「あぁっ」

足を抱えられ、正面から挑まれる。

久納の剛直《ごうちょく》は熱く、ようやく求めていたものを与えられた真琴は歓喜の涙で目尻を濡らした。

「あっ、はぁっ」

時間をかけて全てを埋め込んだ後、久納はとても慎重に腰を使ってきた。

深い部分を小刻みに突かれ、背中が仰け反る。真琴がちゃんと反応しているのを確かめながら、久納はだんだんと腰の動きを大きくしていく。

「久納さっ、あぁっ」

気持ちよくて真琴は逞しい腰に足を絡める。するとそれが傷に障ったのか、久納が動きを止めわずかに顔を歪めた。久納が怪我をしていることを失念していた。

「す、すみません」

自分の我がままで久納に負担をかけていることに思い至り、真琴は自分勝手なお願いをしたことを反省した。

「私は大丈夫だ。気にしなくていい」

「でも……」

「……なら、こうしよう」

「わっ」

真琴の背中に腕を回し、密着したまま久納がベッドに背中から倒れ込む。気がつくと久納の腰に跨《また》がる格好になっていた。もちろん下は繋がったままだ。

「この方が足に負担がかからない」

「でも、でも……」

「どうした、動かないのか？」

確かに久納の足の怪我を考えたら、この体位が一番いいだろう。久納が寝転び真琴が動くこの形が。けれど、真琴はどう動けばいいのかわからない。

久納の上に乗ったまま固まっていると，「手伝ってやる」と言われ突然下から腰を突き上げられた。奥深くを太い剛直で抉られ、真琴はその衝撃でまた白濁をまき散らす。

「あ、ひっ、あぁっ、あんっ」

ズンズンと下から突き上げられ、目の前が真っ白になっていく。自分から動くどころか、バランスを保つことで精一杯だ。それも長くは持たず、真琴は上体を倒し横たわる久納にしがみつく。

「動いてくれるんじゃなかったのか？」

そう言われても身体に力が入らない。緩く頭を振って動けないことを伝える。

「しょうがないな」

ふう、とため息をついた後、久納は真琴の腰を抱え直し、そのまま下から突き上げてきた。

「あぁあっ！」

激しく奥を突かれ悲鳴が上がり、真琴の中心からは突き上げられるたびに濃い蜜が飛び散る。もう自分では止められず、強い快感に眩暈《めまい》がした。

「あっ、あんっ、あぁあ――――っ！」

「……っ」

一際強く最奥《さいおう》を突かれ、最後の一雫まで押し出される。それと同時に中で久納の中心が弾けるのがわかった。奔流《ほんりゅう》を内壁《ないへき》にたたきつけられ、背筋が戦慄く。真琴は無意識に久納の肩に爪を立てていた。

「はあ、はあ……、ぁっ」

久納に身体をもたせかけ、荒い呼吸を繰り返す。

胸に耳を押し当てると、彼の心臓の鼓動が聞こえてきた。

速く、強い鼓動。

彼が今生きてここにいることを唐突に実感し、真琴の瞳から涙が流れた。

「……泣いてるのか」

声を押し殺していても、小刻みに揺れる肩で久納に気付かれてしまった。顔を上向かされそうになったが、泣き顔なんて見られたくない。

真琴は久納の背中に腕を回し、ぴったりと彼に密着した。諦めてくれたのか、久納も無理強いはしなかった。

慰めの言葉もなく、久納が頭を撫でてくる。

優しく髪を梳かれ、心地よさに目を閉じた。

こうして抱かれていると安心する。

誰かの温もりを感じて眠りにつくことの出来る幸せ。

真琴は久しぶりに安心して眠りについた。

「おい、お前、聞こえないのか！」

その声にハッとしてそちらを振り返る。そこにはカジノでのルールである仮面を着用した小太りの男性客が、イライラした様子で立っていた。

「何度呼べば気がつくんだ。さっさと飲み物を持ってこい」

「申し訳ございません」

ボーイの制服である黒服に身を包んだ真琴は、グラスを載せたトレイを手に男に歩み寄る。

「ご注文をうけたまわります」

「なんでもいいから酒を寄越せ」

男性客はすでに酔っているのか、真琴が差し出す前にトレイからグラスを一つ取り上げた。急に重心の位置が変わり、トレイをひっくり返してしまい、客のズボンの裾にカクテルが少々かかってしまった。

真琴はすぐに足元に跪き、ポケットからハンカチを取り出して汚れを拭ったが、男の怒りはなかなか治まらない。腹立ち紛れに、手にしていたグラスの中身を頭からかけられた。酒をかぶり、髪は濡れそぼって制服にも染みていく。

正直、とても頭にきていた。非常識なことをしてくる男をねじ伏せてやろうかと思うほど。しかし、ここで騒ぎを起こして目立つわけにはいかない。

真琴が黙って男の無体《むたい》を受け入れる道を選んだ、その時だ。

「うわっ」

男の慌てた声に続きドスンという振動が伝わってきた。真琴がそろそろと目を開けると、男が仰向けの格好で床に転がっている。

「誰だ、お前は！」

激高する男の前に立っていたのは、タキシードにブラックタイの背の高い男だった。

「大丈夫か？」

そう言って手を差し出してきた男の、目元を覆う仮面から覗くグリーンを帯びた淡褐色の瞳が印象的で、目が離せなくなる。

どうやらやり取りを見ていた別の客が助けに入ってくれたらしい。

彼は戸惑っている真琴の腕を掴むと強引に立ち上がらせ、まだ喚いている酔っ払い客の腕を取り、引きずるようにして入り口に向かう。そして扉を出たところで、突き飛ばすように乱暴に放り出した。真琴は床に倒れ込んだ客に咄嗟に駆け寄ろうとしたが、男に行く手を阻まれる。押し問答しているうちに、気がついたら絡んできた客はいなくなっていた。

「……ありがとうございました」

助けてくれたことへのお礼を言うと、男は真琴の濡れて額に落ちた前髪をすくい上げながら、予想外の言葉を投げかけてきた。

「助けた礼をもらおうか」

「お礼、ですか？」

男が頷く。

「今夜、仕事が終わった後の予定は？」

「部屋に戻って寝ます」

「私の部屋で寝ればいい」

「はい？」

「スタッフ用の狭い船室より、私の部屋の方がくつろげるだろう」

それはそうかもしれないが、男の言葉の意図がわからず、なんと答えたらいいのかしばし考える。

すると真琴が承諾したと思ったのか、男の腕が腰に回り引き寄せられた。真琴は反射的に男を突き飛ばし距離を取る。

彼は一瞬たじろぎ、唖然とした顔で目を瞬かせる。

「何をするんだ」

「それはこっちのセリフです」

真琴は不審な行動をしてくる男を睨み上げた。

「私は礼をもらおうとしただけだが？」

「こういったお礼の仕方は存じ上げません」

本当に、何がどうしてこんなことになったのだろう。真琴自身、あまりに想定外すぎる事態に動揺していた。

しかし男は、謝罪するどころか不思議そうな顔で尋ねてきた。

「怒っているのか？　あの男に酒をかけられても、暴言を吐かれても怒らなかったのに？　なぜだ？」

「なぜって、そんなの考えればわかるでしょう？」

「まさかと思うが、酒をかけられることよりも、私に抱き寄せられたことの方が嫌だというのか？」

「そうです」

真琴が即答すると、男は心底驚いた顔をした。どこまで自分に自信があるのだろう、と真琴は呆れてしまう。

しばらくして、男はなぜか面白そうに目を細め笑みを深くした。

「名前は？」

「……佐々木です」

「下の名前は」

一瞬答えたくないと思ったが、どうせ偽名だからと間違えないように慎重に「直斗です」と答えた。

男は確かめるように口の中で小さくその名前を呟く。そして口元に笑みを浮かべたまま、真っ直ぐ真琴を見据えて言った。

「また会おう、直斗」

男は踵を返し、ようやくその場を立ち去った。

「なんだったんだ、あの男」

わけがわからず混乱したが、今はあんな変な男にかまっている時間はない。

真琴は気持ちを切り替え、着替えのためその場を後にした――――。

微かな物音で目を覚まし、見慣れぬ室内を見回した。

背の高い男の後ろ姿。顔を見なくても久納だとわかる。

「……久納さん」

真琴はスーツの上着を羽織る久納に呼びかける。しかし彼は返事をしない。聞こえなかったのかと、もう一度声をかけた。

「久納さん、今何時ですか？」

真琴もベッドから身を起こす。

だんだん頭がはっきりしてきた。

皺の寄った寝具。その中で裸で横たわっていた自分。

ここが病院で、彼に想いを告げて抱かれたことを思い出す。

真琴はベッドサイドの丸イスに畳んで置いてある病衣を手繰り寄せた。

衣服を身に着けながら、妙に気恥ずかしくなる。だから久納からも何か言ってほしいのに、彼は身支度を終えるとそのまま部屋から出て行こうとした。

「久納さん？」

それに気付き、ドアに手をかけた久納を慌てて呼び止める。

どうも様子がおかしい。真琴の頭の中で警鐘が鳴る。このまま行かせては駄目な気がした。

「どこに行くんですか？」

ふらつく足で追いかけ、久納の腕を掴む。

それでも彼は振り返らない。

その瞬間、久納が考えていることがわかってしまった。真琴は固い声音で尋ねる。

「何も言わずに僕の前からいなくなるつもりだったんですか」

久納の身体がわずかに揺れる。

自分の考えが正しいと悟り、真琴の胸に深い悲しみが湧き上がってきた。

「どうして……。どうしてですか？」

つい数時間前、この腕に抱かれ大きな手で優しく髪を梳かれた。

彼も同じ気持ちだと思ったのに……。

納得出来なくて、真琴は指先に力を込める。それでも頑なにこちらを見ようとしない久納に、真琴はある最悪な答えを導き出してしまった。震えながらそれを口にする。

「……やっぱり嫌になったんですか？」

昨日は真琴が取り乱していたから、同情して抱いてくれたのだろうか。優しい人だから、見捨てられなかったのかもしれない。傷ついた真琴を。本当は自分と同じ恋愛感情などなかったのかも……。

「違う」

悲しみにうな垂れる真琴の耳に、久納の言葉が届いた。

ようやく返答があったことにわずかに安堵しつつ、怖々《こわごわ》と久納の様子を窺う。

久納は相変わらず背を向けたまま、大きく深呼吸をしてから言った。

「私はお前に相応しい男じゃない」

言っている意味がわからない。

逆ならまだ理解出来るが、いったいどういうことなのだろう。

「私と関わりを持ち続ければ、また危険な目に遭わせてしまう」

「そんなこと、わからないでしょう？」

真琴はすぐさま否定する。

久納は重いため息をつきながら「言ってないことがある」と告げた。

「……私の父親は裏社会の人間だった。私に同じ道を歩むことはさせなかったが、私の生い立ちと貿易商をしていることを知った連中が、たまに取引を持ちかけてくるんだ。銃や麻薬の密輸を。もちろん断っているが、中には諦めの悪い連中もいる。そんなやつらに、大月は利用されたんだろう。あいつも薄々気付いていたとは思う。でも、恨む対象が必要だったんだ。悲しみの淵《ふち》から這い上がるためには。……馬鹿な男だ」

おそらく、言いたくなかったことだろう。けれど、久納は打ち明けてくれた。

それは、どうしてなのか……。

「生い立ちに負い目がある上に、大月が私の名を騙って取引を行っていたのだから、悪い風評もすぐには消えないだろう。いくら否定して事実を言って回っても、誤解は完全に解けないかもしれない。

私を恨んでいる人間もいるだろう。それに巻き込みたくない。たとえ二度と会えなくても、それでお前を守れるのなら、それでいい」

彼は諦めさせようとして言ったのだろうが、これは逆効果だ。この言葉を聞き、真琴は久納がどれほど想ってくれているのか、痛いほどわかった。同じ気持ちなら、諦めたくなかった。

真琴はギュッと手に力を込めた。

「僕は嫌です」

「駄目だ」

真琴の必死の訴えを、久納は瞬時に却下する。胸がチクリと痛む。

どんなに真琴が言葉を尽くしても、久納は頑なだった。

それなら、と真琴は摑んでいた久納の腕を離す。

「……もしここで去っても、僕は追いかけます。どこまでも」

これで駄目なら、追えばいい。彼が折れるまで追い続ければいいと思ったのだ。

すると久納は何かを諦めたように、決心したかのように細く長く嘆息《たんそく》し、振り返った。

「……約束しろ」

真っ直ぐな瞳で見つめられる。グリーンの瞳。久納の瞳は光の加減で、たまに色が変わる。どちらの色も綺麗だ。どちらも彼に似合う。

その瞳を見て、目の前の久納とあの豪華客船で助けに入ってくれた男の姿が重なった。

「もう二度とあんな真似はするな。もっと自分を大切にしてくれ」

なんのことを言われているのかわからず黙っていると、久納がそうっと真琴の右腕に触れてきた。

そこに巻かれた包帯を横目で見て、久納を庇い撃たれたことを思い出す。

「私を情けない男にするな。好きな男に守られるなんて屈辱を、もう一度味わうのはごめんだ」

——ああ。

今ならわかる。

彼はとてもわかりにくい男。それに気付かなかった時はただの嫌味だと思っていた言葉も、彼のことを知った今は、その言葉の裏に隠された気持ちに気付くことが出来る。

——助けられなかったことを、とても悔やんでいるんだ。

それほど想われている。

胸の深いところから、温かい感情が込み上げてきて、真琴は心のままに久納に抱きついた。

頭上から男の苦悩を滲ませた声が落ちてくる。

「私と一緒にいれば、また同じことが起こるかもしれないぞ」

警告か、それとも真琴に覚悟させるためか……。いずれにしても、もう答えは出ている。

回す腕に力を、言葉に願いを込めて、彼に伝える。

「その時はまた助けてくれるでしょう？　今回や……四年前のように」

久納が息をのむ気配が伝わってきた。

そして背中に回される腕。

しっかりと抱きしめられ、真琴はようやく身体から力を抜く。

彼の正体を知っても、気持ちは変わっていない。

自分が彼を好きになったのは、貿易商として巨万の富を築いているからではない。生い立ちや父親のことも、どうでもいい。

教会で身寄りのない子供たちに笑いかけている、優しい男に惹かれた。

——約束は出来ないけれど。

真琴は心の中でだけ呟きを零す。

自分だって久納と同じ。大切な人が傷つく姿を黙って見ていられない。守られるだけの弱い存在ではなく、久納を守りたいと思っている。難しいかもしれないけれど、男として、久納と対等の立場でいたい。

だからきっと、自分の目の前で久納に危険がおよんだら、何度でも躊躇いなく彼の前に飛び出すだろう。無意識に身体が反応するはずだ。彼を失って生きていくことは出来ないから。

「……ああ、忘れるところでした。あなたを助けたお礼をもらっても？」

久納は始め何を言われているのかわからなかったようだ。しかしすぐにあの時の久納自身のセリフをなぞっていることに気付き、「もちろん」と頷き返してくれる。

「何がほしい？」

「あなたが」

真琴は彼の腰に手を回し、そっと唇を寄せた。それを久納がしっかりと抱きとめる。

「……真琴」

触れる寸前で、初めて呼ばれた名前。

それだけで熱いものが込み上げてきた。

そうっと合わさる唇。

「お前が好きだ」

はっきりと口にされる彼の想い。

真琴は嬉しくて口元を綻ばせる。

すると再び久納に抱きしめられた。

幸せで目の前が霞《かす》む。

温かい腕に包み込まれ、真琴はゆっくりと目を閉じた。

通勤ラッシュで混雑している電車を降り、改札を抜ける。そこに広がる変わりない街並みに、真琴は安堵を覚えた。

今日が退院後の初出勤だ。

真琴は通い慣れた道を足早に歩く。

久納は一週間前に日本を発った。「着いて来るか？」と聞かれたが、真琴は日本に残る道を選んだ。

ずっと引きずっていた事件に決着がつき、少し肩の荷が下りたような気持ちだが、全てが解決したわけではない。

主犯の大月は捕まったが、彼が銃を売った相手に関しては現在も調査中だ。

それに、塩野も未だに目覚めておらず、入院したまま。

そんな中途半端な状態で、自分だけ恋に浮かれて久納に着いて行くわけにはいかない。

全てを見届けるまで、ここを離れられないと思った。

そう告げた時、久納は少し寂しそうな顔をしながらも、理解を示してくれた。

次に久納に会えるのは、二ヶ月後。

正直、離れたくはなかったけれど、着いて行っても自分に出来ることはない。

それなら、離れている間に成長したいと思った。久納が自慢に思う恋人になるために。離れていても、心は傍にあるのだから。

——少しずつでも、変わっていけたらいい。

これからは過去に思いをはせてばかりではなく、前へ進んでいきたい。

真琴はふと足を止め空を見上げた。残暑厳しい夏の空。久納が見ているのはどんな空だろう。

彼の隣に立って共に同じ空を見るために、真琴は一歩前へ踏み出した。

あとがき

こんにちは。

このたびは拙作をお手に取っていただきまして、ありがとうございます。

今作は、セレブ・ゴージャスをテーマに、超庶民な私が頑張って考えたお話です。

セレブな攻、お好きな方も多いと思います。もちろん私も大好きです！　……読むのは。

いつもは主に実体験を元にストーリーを膨らませていくため、今作はセレブ生活に全く馴染みのない私にはとても難しいお題で、今まで避けてきたのについに来てしまったか！という感じでした。

案の定、大変な面も多々ありましたが、今までとは少し違ったタイプの攻を書くことが出来て楽しかったです。お読みいただいた皆様にも、少しでも面白かったと思ってもらえるところがありましたら幸いです。


そして、この場を借りてお礼を述べさせていただきます。

イラストを描いてくださった小山田《おやまだ》あみ先生、ありがとうございました。大好きな先生に素敵なイラストを描いていただけて、本当に夢のようです。

担当のMさま。今回もご指導&素晴らしいタイトルを考えていただき、ありがとうございました。いつもすみません！

友人のKちゃん、迷走している時に相談に乗ってくれてありがとう！

同志のYさん、これからもよろしくです。Yさんからのメールで一人じゃないんだと励まされ、頑張ることが出来ました。

微妙に協力してくれた家族にも感謝です。

最後に、数ある本の中からこの本をお手に取ってくださった皆さま、本当にありがとうございました。


それでは、またお会い出来る日が来ることを願いつつ。

星野《ほしの》　伶《れい》

甘い恋《あまいこい》

星野 伶
イラスト：木下けい子

本体価格870 円+税

出世頭で部下からの信頼も厚く、ストイックなイメージで女性社員からの人気も高い。そんな誰の目から見ても完璧な平岡悠の秘密。それは女性が好むスイーツが大好きなこと。しかし、クールなイメージを壊すことができない悠は、日々甘いものを我慢していた。ある日、悠は美味しそうなデザートパンに惹かれて古びたパン屋に入店する。そこで出会った店主・石森弘毅は、年下とは思えない威圧的な態度と愛想のない接客で第一印象は最悪。さらに「あなたに売るパンはありません」と販売を拒まれて…？

リンクスロマンス大好評発売中

鬼玉の王、華への誓い《きぎょくのおう、はなへのちかい》

橋本悠良
イラスト：絵歩

本体価格870円+税

高校生の柊堂玲は不思議な鞘に導かれ、異世界に迷い込んでしまう。そこは、神によって選ばれた強靱な王・刹那が統べる鬼玉と呼ばれる国だった。玲が手にした「鞘」は、王が所持する「王剣」と対を成すもので、鬼玉で長年にわたり探し求められていたらしい。半ば強制的に鞘の持ち主にされた玲は、戸惑いのまま王宮に連れて行かれ刹那と常に行動をともにすることを余儀なくされる。二人は運命を共する唯一無二の存在らしいが、自分を道具として扱う刹那の冷徹な態度に玲は傷つき寂しさを覚える。しかし、王剣に宿る鬼の力に徐々に身も心も蝕まれる刹那の苦悩を感じた玲は…？

密約のディール《みつやくのでぃーる》

英田サキ
イラスト：**円陣闇丸**

本体価格 870 円+税

病床にある祖父のたっての願いで、祖父の会社を引き継いだ水城。辛い幼少時代を過ごした水城にとって、祖父の存在は唯一かけがえのないものだった。そんな折、高校の同窓会に参加した水城はかつての親友・鴻上と再会する。卒業間際の夜、自分に乱暴をしたことから二度と会いたくないと思っていた男だ。しかしその後、水城の会社に買収話が持ち上がり、買収されたくないなら、俺の愛人になれと鴻上に持ちかけられる。水城は会社を守るため、そしてもう先の長くない祖父のために、その屈辱的な要求を受け入れるが…。

リンクスロマンス大好評発売中

お兄ちゃんの初体験《おにいちゃんのはつたいけん》

石原ひな子
イラスト：**北沢きょう**

本体価格 870 円+税

東京の片隅にある、昔ながらの風情を残す商店街。そこで、亡くなった両親から継いだ喫茶店を営む竹内秋人は、幼い弟妹と共に穏やかな日々をおくっていた。そんなある日、秋人たちのもとに商店街の再開発を提案する春日井が現れる。はじめは、企業の社長で傲慢な印象の春日井に反発していたものの彼なりに街を守ろうとしていることを知り、徐々に春日井が気になりはじめる秋人。両親を亡くして以来、弟と妹を育てながら、ずっと一人で頑張ってきた秋人は、春日井がそばにいてくれることで、初めて甘やかされる嬉しさを知り…。